성희승

별을 그리다

★

성희승, 별을 그리다

초판 1쇄 펴낸날 | 2019년 4월 9일

지은이 | 성희승
펴낸이 | 김한준
디자인 | 책은우주다
펴낸곳 | 엘컴퍼니

주소 | 서울시 강남구 학동로 23길 58
전화 | 02 - 549 - 2376
팩스 | 0504 - 496 - 8133
이메일 | lcompany209@gmail.com
출판등록 | 2007년 3월 18일(제2007 - 000071호)

ISBN 979 - 11 - 85408 - 27 - 9 03810

이 도서의 국립중앙도서관 출판예정도서목록(CIP)은 서지정보유통지원시스템 홈페이지
(http://seoji.nl.go.kr)와 국가자료공동목록시스템(http://www.nl.go.kr/kolisnet)에서
이용하실 수 있습니다.(CIP제어번호:2019010992)

성희승 지음

성희승

별을 그리다

L company

오늘도 밤은 빛난다

작업실 창가에서 늘 밤과 만나는 이 시각에는 칠흑 같은 어둠이 나를 감싸고 돌아든다.

그러나 이 밤 나는 또 다시 붓을 들고 영혼과 마주하는 각 객체의 영혼을 깨우기 시작한다. 흔히 어둠이라고 생각하는 이 때! 옐로, 그린, 블루, 핑크의 오색이 만나는 나의 캔버스에는 또 하나의 발레리나가 화폭에 날아오른다. 원으로 그리는 원願하는 세계는 각자의 사랑을 품고 상처, 동경, 고독의 시간을 펼쳐낸다.

내가 그리고 쓰는 모든 것은 빛이다. 백白의 세계가 갖는 세상의 모든 것은 빛으로 낸 상처를 또 다른 빛으로 치유 받는다. 그래서 세계의 모든 것은 활발하게 움직이는 것과 멈춤의 순

모하비 사막에서, 122cm x 92cm, acrylic and oil on canvas, 2013 (2017 촬영)

간을 모두 포괄한다. 그래서 '어둠, 상처, 파괴'의 세상에서도 '밝음, 치유, 생성'의 백을 표현한다. 그것은 인간의 모든 활동과 사물의 존재가 소멸되고 부서진 부존재가 아니라 생성되고 재기된 존재로서의 온전체가 되는 것이다.

그 빛은 별처럼 먼 광년의 시간으로부터 내게로 올 때까지, 끝없는 소멸과 생성의 엇갈림 속에 존재를 위해 길을 간다.

내가 만난 어린 시절의 어린왕자가 품은 B612의 별에서부터 이어온 끝없는 '별빛의 광년'을 펼쳐 글자로 심어냈다. 그림으로 만난 어린왕자의 이야기가 내게 전해준 것은 소중한 것들과 상처로 인한 부존재를 밝히는 '별'이었다.

빛으로, 162cm x 130cm, acrylic on canvas, 2019

어둠의 가장 밝은 지점은 별이며, 어린왕자가 품은 행성의 그 지점도 내게는 밝은 지점으로 기록되어 있다. 내게 기억된 밝은 지점은 별을 그려내는 색채의 지점인 화폭이었다. 나의 모든 감성이 빛나는 어둠의 시간에 인간의 모든 색채를 기록하는 일. 그것만이 조각난 상처에 대한 나만의 엔솔로지이다. '화가'를 꿈꾸던 동경의 세계일 때부터 추구하던 빛남 중에서도 높은 곳에서 반짝이는 별빛의 마음을 따라 화가가 되었다.

어린 내가 찾은 별에서 또 다른 영혼의 아이가 사는 별까지 도달하는 동안의 기록은 끝없이 펼쳐질 것이다.

어둠을 밝히는 유일한 존재처럼 화폭 위에 꿈을 딛는 발레리나.

그녀는 색채의 지점을 열고, 또 다른 색감을 물들이는 감성으로 끊임없이 숨을 쉬고, 또 다른 몸짓으로 생명과 존재를 쓰려 할 것이다.

어둠이 빛남으로 밝아지는 모든 시간을 보듬는 것은 화폭에서 점과 선이 만나 온전한 백의 시간이 될 때이다. 화폭과 내가 만나 모든 것이 동일하게 펼쳐지는 그때까지, 숨 쉬는 모든 것은 별과 빛의 순례를 따라간다.

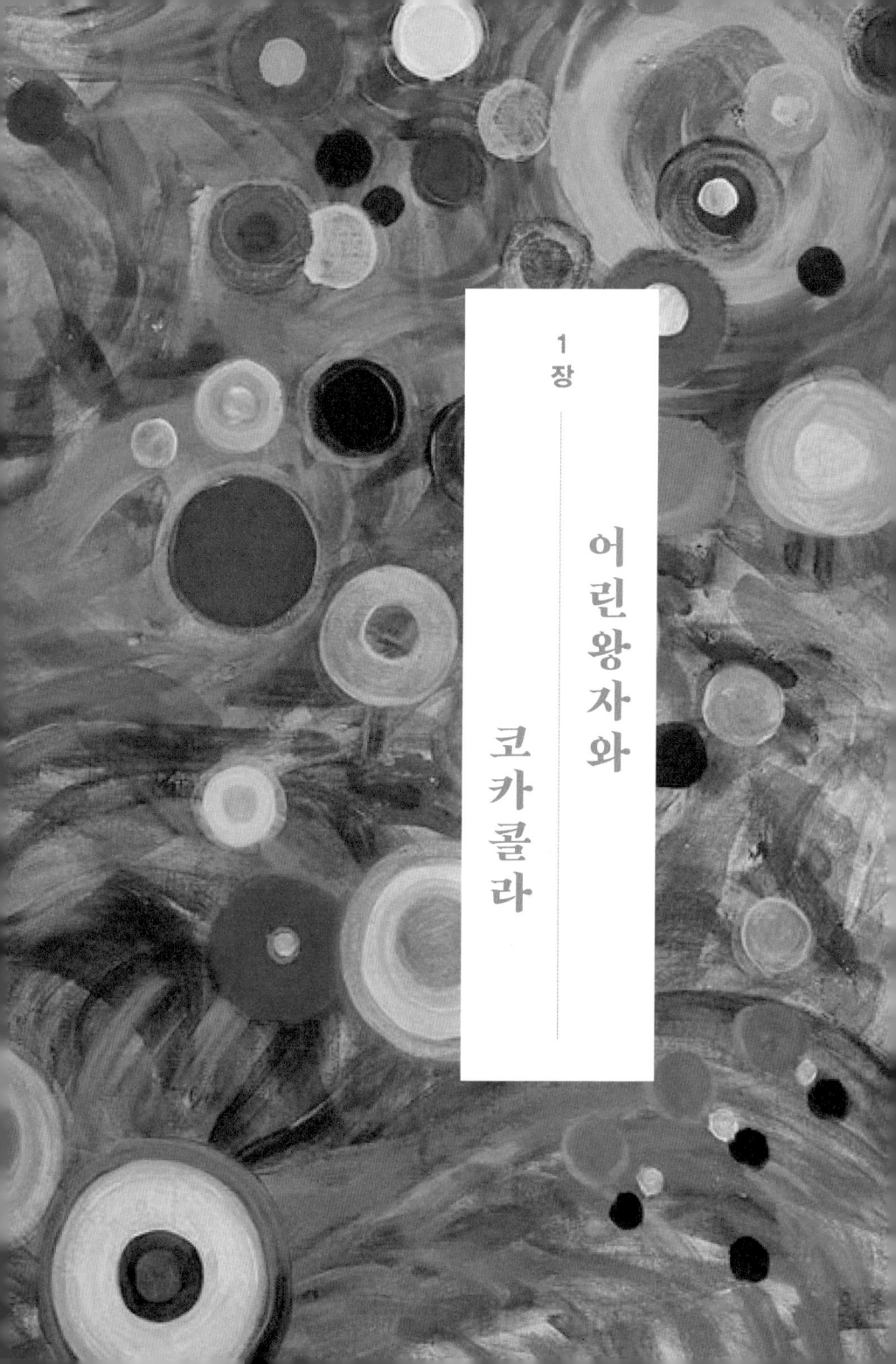

1
장

어린왕자와

코카콜라

• 별이 빛나는 밤에, 92cm x 73cm, acrylic and oil on canvas, 2017

★

생떽쥐베리의 「어린 왕자」는 누구나 한 번쯤은 읽어 본 책일 것이다. 어린 시절 나는 어린 왕자를 동경했었다. 그래서 「어린 왕자」를 읽고 또 읽었던 기억이 선명하다.

어느 가을밤, 바람이 선선하여 책이 잘 읽어지던 날, 그 날 밤하늘의 별이 유독 반짝이고 있었다. 그때 나는 내 방 작은 창가에 앉아 어린 왕자를 또다시 읽고 있었는데, 어린 왕자가 나에게 말을 걸어오는 듯했다. 마치 어린 왕자가 여우에게 질문하듯 내게도 질문을 해오는 것 같았다. 그 후로 나는 밤하늘의 별을 보며, 어린 왕자와 대화하듯 내 생각에 빠져들곤 했다.

그때마다 꿈, 그림, 행복에 대하여 스스로 되물었고 그것들이 각각 떨어져 있는 것들이 아니라 하나로 연결되어 있음을

느꼈다. 나는 그림을 그리고 싶어 한다는 것과 그것이 꿈이고 행복이라는 것을 알았다. 그날 밤하늘의 반짝이는 그 별은 푸른빛을 띠는 것 같았는데, 나는 그 별에 어린 왕자의 별 B612 소행성과 같은 이름을 붙여주었다.

지금 생각해보면 마치 영화 속 복선처럼, 어린 왕자에게 B612 소행성이 있다면 내게는 그림이라는 나만의 푸른 별이 존재한다는 것을 어린 왕자를 통해 느꼈던 것 같다. 나는 그렇게 내 작은방 창가로 보이는 밤하늘에 떠 있는 푸른 별을 보며

모닝스타, 180cm x 65cm, acrylic and oil on canvas, 2018

사색에 잠기기도 하고, 그 빛에 물들어가는 밤이 행복했다.

나는 주변 구석구석까지 살피고 관찰하는 것을 좋아했다. 어쩌면, 부모님이 이룩하신 풍요로움 속에 찾아볼 수 있던 여유였을지 모른다. 부모세대와 다른 내 세대만의 고민과 몸부림으로, 고생을 안 해봐서 너희는 잘 모른다는 어르신들의 말과 달리 우리는 우리들만의 남모를 고민과 생각이 많았던 세대였다. 집을 출발해 학교까지 가는 길은 단조로운 것 같으면서도 결코 단조롭지 않았고 흥미로운 것으로 가득했다. 또 책가방을 메고 집으로 돌아오는 길은 탐험가처럼 동네 여기저기를 둘러보곤 했었다. 그래서 집으로 곧장 가기보다 꼬불꼬불 길을 오가며 잠시 멈추며 관찰하는 것을 즐겨 했었는데, 그때 취미가 무엇이냐는 질문을 받으면, 관찰하기, 묘사하기, 생각하기를 적을 정도로 조숙한 아이이기도 했다. 그러다가도 사색에 잠겨 시를 쓴 것이 학교 신문에 실리기도 했었다.

부모님이 부산과 명동, 그리고 동대문에서 의상실을 하셨기에 어린 시절 의상실 구경을 자주 가곤 했었는데, 그곳에 가는 길은 마치 외국처럼 느꼈다. 화려한 명동의 분위기도 좋았고, 소박한 시장 골목을 구경하는 것도 재밌었다. 그중에서 가장 좋아하던 곳은 의상실의 작업실로, 의상실 작업실은 신기한 것들로 가득 찬 곳이었다. 색깔만 봐도 기분 좋아지는 알록달록한 원단과 비슷한 듯 전혀 다른 다양한 질감의 원단 그리고 개성 넘치는 원단 패턴을 구경하는 것은 무척 재미있는 일이었다.

내가 그림을 그려서 첫 칭찬을 받은 곳도 의상실이었는데, 나는 주로 의상실의 작업대 책상에서 그림을 그렸다. 내게는 희미한 기억이지만 부모님은 그때를 선명하게 기억하고 계셨다. 나는 그림을 곧잘 그렸는데 종이와 연필만 있으면 무척 조용해지는 아이였다고 한다.

어느 날 의상실에 있던 테이블 위에 콜라병이 있었는데, 콜라병을 만지작거리면서 후후 소리도 내보고, 콜라병을 망원경 삼아 유리병 안을 들여다보기도 하다가 콜라병을 따라 그리더니 콜라병과 똑같이 그렸다고 한다. 이때가 세 살이었다. 어찌나 콜라병의 투명하게 보이는 선까지도 세세하게 그렸던지, 부모님들께서는 '우리 희승이는 화가가 되려나보다'라는 생각을 하셨다고 한다.

그런데 그림을 그리면서 알게 된 사실은 코카콜라 병이 세계적인 예술가들이 좋아했던 작품을 위한 오브제였다는 것이다. 20세기 화가 중에서 독창적인 초현실주의 화가인 살바도르 달리도 그의 작품 'Poetry in America'(1943년)에 처음으로 코카콜라 병을 등장시켰고, 세계적인 팝아티스트 앤디 워홀도 'The Grocery Store'(1962년) 라는 작품에서 코카콜라 병과 팝 아트를 결속시켜 예술적 소재로도 쓸 수 있음을 선보였다.

네 살 꼬마 적에 내 인생의 첫 화실을 다니고, 화가라는 멋진 꿈을 정식으로 갖게 되었다. 나는 콜라병을 그린 제 1호 그림을 시작으로 지금까지 단 한 순간도 붓을 놓아 본 적이 없다. 가끔 그림과는 전혀 관련 없는 매력 있는 일들을 제안 받은 적도 있었는데, 내 인생에 있어 그림만큼 아름답고 경이로운 작업은 없었기에 어떤 달콤한 말도 내 마음을 바꾸지는 못

책가방

학교 길을 졸졸졸
책가방 하나
배에다 음식을 가득 싣고
배탈 나겠네.

숙제 안 해간 책가방
얼굴 찡그리네.
숙제 해간 책가방
웃음 꽃피네.

책가방 나의 벗
진정한 친구
슬퍼도 즐거워도
나의 친구

삼광초등학교 5학년 성희승

하였다.

그림을 그리는 '그 순간'은 때로는 힘겨움으로, 때로는 고민으로 가득 찰 때도 있지만 그 끝은 늘 기쁨과 환희로 넘치게 된다. 그리고 그러한 과정을 거쳤을 때 비로소 '왜, 무엇을, 어떻게 그리면 되는가?'에 대한 내면의 답을 내릴 수 있다. '왜'는 항상 나의 끊임없는 물음이고 시작점이었다. 지금 생각하면 신기하기도 하고 감사한 일이 꼬마 아이가 끊임없이 '왜?'란 질문을 하면 성가셨을 만도 한데, 부모님과 친지들은 그때마다 친절하고 상세하게 대답을 해주셨고 나의 상상력을 더욱 자극시켜 주셨다.

아버지는 차를 타고 가면서 단순히 보이는 거리의 간판을 읽으면서 엉뚱한 질문을 할 때도 그냥 흘려듣지 않으시고, 무궁무진한 역사 이야기를 곁들여가며 재미난 이야기를 풀어주셨다. 또 여행을 자주했던 우리 가족은 여행지를 가는 길이나 도착지에서나 아빠의 재밌는 역사 이야기 듣기를 좋아했다. 그래서인지 나는 당시 또래 아이들보다 남다른 호기심과 상상력을 가질 수 있었다.

언젠가 어렸을 때, 노란 민들레의 홀씨가 봄바람에 날리는 모습을 보았다. 민들레가 홀씨가 되어 흔적조자 남기지 않고, 모두 흩어지는 모습이 슬프다는 생각을 했었는데, 이듬해 같은 장소 곳곳에서 노란 민들레를 보았다. 돌담의 갈라진 틈에

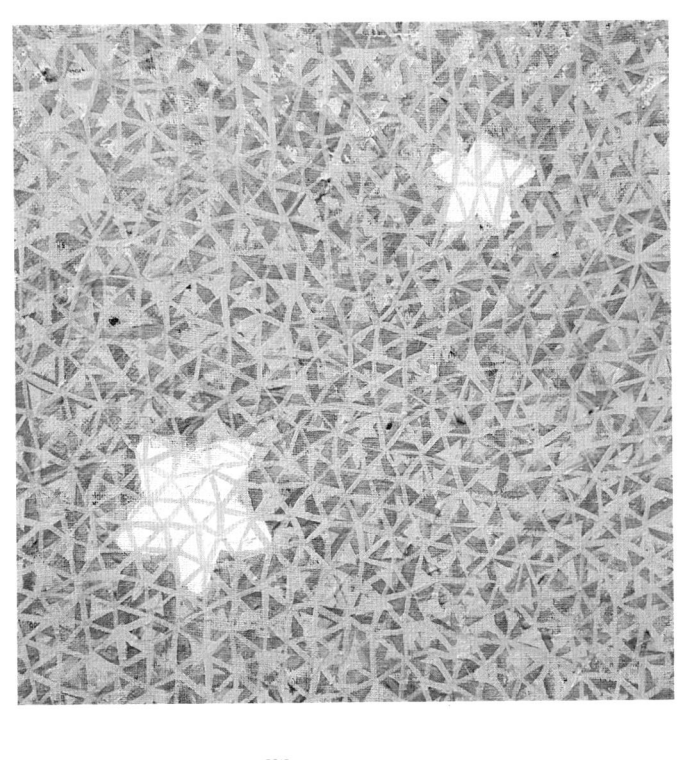

모닝스타, 27cm x 27cm, acrylic on canvas, 2019

모닝스타, 27cm x 27cm, acrylic on canvas, 2019

서도, 자동차가 많이 다니는 길가에서도, 벽돌 바닥의 틈바구니에서도 노란 민들레가 가득 피어 환하게 웃고 있었다. 노란 민들레가 홀씨가 되어 바람에 날려간 이유가 분명 있었던 것이다.

"내 작은 방

창가에서 볼 수 있는

밤하늘의 별은

지금도 선명하게 기억날 정도로

또렷하다.

창문으로 보이는

그 날 밤 푸른 별은

나만의 소행성이었다."

⭐

런던, 파리, 뉴욕, 베를린 등 이름만 들어도 마음 설레는 도시들이 있다. 이곳들이 세계적으로 유명한 도시들이기에 설렘을 느끼는 것보다 그곳에 가면 어린 시절부터 좋아했던 예술가의 행적을 볼 수 있기 때문이다. 책이나 영상으로만 봐왔던 미술계 거장들의 작품들을 눈으로 확인했을 때 오는 환희는 직접 느끼지 않는 이상 말로 설명하기에는 부족하다. 백문이 불여일견이라는 말처럼 직접 체험하는 것이 가장 좋은 설명일 것이다. 그런데 그러한 곳들에서 유학한 나는 정말 행운이었다.

뉴욕의 현대미술과 MoMa, 메트로폴리탄 박물관 그리고 구겐하임 미술관을 시작으로 파리의 루브르 박물관, 영국의 테이트 미술관, 베를린 국립미술관 등 이름만 들어도 입 꼬리가 올라가게 하는 미술관들이 바로 그곳에 있다. 미술관들의 이름만 열거에도 두근두근 가슴이 뛸 정도이다.

그래서 예술가의 발자취를 찾아가는 여행은 늘 행복한 일이다. 내가 사랑하는 예술가들의 삶을 따라가 보는 여행은 마치 종교적으로 떠나는 성지 순례처럼 미술 성지 순례를 하는 기분이 들어 신성함마저 느껴진다. 또한, 어렸을 때부터 동경하고 좋아하는 예술가의 삶의 발자취를 따라가 보거나 예술가의 생가를 찾는 것은 충분히 가치 있는 여행이다. 왜냐하면, 예술가들의 삶이 담겨있던 생가는 미술관이나 박물관과 달리 예술가의 인생 여정을 들여다볼 수 있는 곳이기에 예술가가 살았던 그 시대로 되돌아가는 기분이 든다.

내 미술 성지 순례의 첫 장소는 빈센트 반 고흐의 생가가 있는 네덜란드의 쥔데르트였다. 쥔데르트에서 제일 먼저 나를 반겨준 것은 고흐와 테오 형제의 아름다운 조각상이였다. 고흐의 그림만큼이나 감동적인 곳으로 고흐가 동생 테오에게 보낸 편지들을 떠올리며 조각상을 바라보았다. 한참 바라보고 있노라니 가난한 형을 위해 물감과 캔버스 그리고 집세와 병원비까지 모두 아낌없이 후원해준 동생을 '제2의 아버지'라고 불렀던 고흐의 마음이 내게 전해져 왔다.

고흐는 이 세상 한 사람만이라도 온전한 '내 편'이 되어주

빛의 발아, 145cm x 112cm, acrylic and oil on canvas, 2017

기를 간절히 바랐다고 한다. 끝내 고흐가 바라던 배우자를 만날 수 없었다고 하지만, 그는 배우자 대신 자신의 가장 든든한 후견인이었던 동생 테오에게서 마음의 안식처를 찾았을 것이다. 마치 내가 부모님을 통해 느끼는 안식처럼.

그런데 고흐는 바로 위로 죽은 형의 이름을 그대로 물려받게 해서 평생 형의 죽음을 생각하게 한 어머니를 원망하는 마음도 컸다고 한다. 그도 그럴 것이 그의 어머니는 고흐를 죽은 아이 대신 준 선물이라고 생각했고, 고흐에게 죽은 형의 이야기를 자주 했던 것이다. 그렇게 자란 고흐는 어느 날 교회 묘비에 자기 이름이 새겨져 있는 것을 보고 두려움마저 들었다고 한다. 비록 죽은 형의 무덤이었지만, 자신의 이름이 새겨져 있었기에 크게 놀란 것이다.

이러한 이유 때문일까? 고흐는 자연스레 죽음에 대해 생각하는 일이 많았다고 한다. 그럼에도 그의 작품은 우울함보다 따스함이 더 느껴진다. 사랑받고 싶은 마음의 강렬한 표현이지 않았을까?

그래서인지 고흐는 강렬한 붓 터치로 그만의 화풍을 만들었다. 그에 반해 고흐가 만드는 색채는 강렬한 붓 터치와는 반대였다. 고흐는 색채를 통해 마음을 담은 화가여서인지 그의 작품에 나오는 색채를 보면 마음의 위로가 된다. 어쩌면 고흐가 스스로에게 준 마음의 위로가 우리 모두에게 전해진 것일지도 모른다. 지금의 내 작품을 보며, 내가 좋아했던 작가의 작품을 보니 어떠한 연결됨으로 묘한 전율이 느껴진다.

어느 심리학자가 고흐의 색을 분석해 놓은 것을 본적이 있었는데, 고흐는 푸른 청색을 통해 체념과 슬픔을 극복했고, 따뜻한 노란색과 연초록, 붉은 장밋빛 등을 통해서 마음의 안정을 얻었을 것이라고 한다. 나는 고흐의 작품 중에서 〈해바라기를 꽂은 꽃병〉을 좋아하는데, 고흐 역시 그 작품을 가장 좋아했다고 한다. 〈해바라기를 꽂은 꽃병〉에서 고흐가 자주 사용했던 노란색이 보는 이들에게도 명랑하고 유쾌하고 다채로우며 부드러운 자극을 준다. 마치 해바라기가 당장이라도 말을 걸어올 것 같은 생동감을 준다.

해바라기는 고흐의 작품에서 빠질 수 없는 소재이지만, 나에게도 역시 중요한 소재이다. 해바라기를 만난 것은 이러한 질문에서 시작되었다.

'하늘에는 별빛이 있다면 땅에는 어떤 빛이 있을까?'

내게는 해바라기가 마치 땅으로 내려온 빛과 같이 느껴진다. 해바라기를 통해서 하늘을 보고 하늘의 강렬함을 느낄 수 있으니 해바라기는 참 매력적인 소재이다.

Sun flower, 해바라기가 태양을 상징하는 것처럼, 하늘을 향해 서 있는 모습이 때로는 보이는 이를 매료시킨다. 해바라기는 태양에 따라 꽃 위치를 스스로 바꿀 수 있어 생긴 이름이다. 모든 꽃들이 그러하겠지만, 특히 큰 해바라기 얼굴이 위치를 바꾸는 모습은 경이롭다.

고대 잉카 문명에서는 태양신을 믿었는데 태양을 바라보고 자라나는 해바라기는 당시 태양신을 상징하는 꽃이었다. 또 우리나라와 중국 등 동양에서는 행운을 상징하는 꽃인데, 요즘에는 쉽게 볼 수 없어서 해바라기 꽃이 보고 싶을 때가 종종 있다.

해바라기처럼 하나의 자연물 안에는 나라마다, 개인마다 다양한 문화적 콘텐츠가 존재한다. 하지만 한 가지 확실한 것은 이 아름다운 자연 모두가 주님이 주신 것이란 것은 분명하게 느껴진다.

예전에는 길가 여기저기에서 해바라기를 자주 볼 수 있었다. 나는 해바라기 소녀로 불릴 정도로 해바라기 그리는 것을 좋아했는데, 그리기 대회에서 해바라기를 그려서 상을 받기도 하였다. 또한, 해바라기를 세밀하게 묘사하여 실제 해바라기 같다는 말을 듣곤 하였다. 내가 그린 해바라기를 보면 기분이 좋아진다는 말을 들은 적이 있는데, 그때부터 해바라기를 그릴 때면 나도 역시 행복해진다.

이때 내가 사랑하는 고흐의 발자취를 따라가 보는 여행을 하면서 만난 장소나 사람들은, 미술학도로서 대학에 첫 발걸음을 내딛는 내게 큰 영감을 주었다. 그만큼 나의 첫 미술 성지 순례지로서 큰 가치가 있었고, 잊을 수 없는 여행이다.

네덜란드 쿼데르트에서 고흐를 만나고 돌아오는 길, 밤하늘에서 많은 별들이 쏟아져 내려 반짝반짝 빛을 내고 있었다. 나는 밤하늘을 바라보면서 스스로에게 다짐하고 기도했었다. 지금 그림을 그릴 수 있는 이 순간에 감사하며, 영원히 붓을 내려놓지 않겠다고.

기쁨은 고통과 고난의 경험을 남김없이 통과한 후에 축복처럼 쏟아지는 것이다. 그림을 그리는 것을 멈추지 않는 것은 내게 운명과 같은 일이다. 그리고 삶 속에 수많은 고통과 좌절이 있을지라도 그것을 그림으로 극복한다. 이것이야말로 가장 큰 기쁨이며 행복이자 신이 주신 선물이 아닐까?

"고흐의 밤의 카페 테라스에서

쓴 색채들은

순수함과 더불어 환희를 느끼게 한다.

별이 빛나는 밤에

카페 테라스에서

옹기종이 모여 있는 사람들 사이에

고흐도, 나도 함께

앉아 있을 것만 같다."

할아버지의 사진, 그리고

뒤샹과 앤디 워홀

얼마 전 시골 다락방에서 찾은 물건들이 있었는데, 오랜 세월의 삶을 가슴속에 간직하고 계신 할아버지 할머니의 삶과 사랑이 담긴 다락방이었다. 할아버지와 할머니가 살아오신 겹겹의 세월이 느껴졌다. 그중에서 할아버지의 삶이 담기고, 추억이 깃든 것은 할아버지의 사진들이었다. 또 할머니가 쓰시던 그릇들은 할머니의 시어머니, 그리고 시어머니의 시어머니 때부터 전해져 내려온 것이었다. 특히 할머니께서 할아버지 양복 깃을 반질반질하게 다림질하셨던 다리미를 보니, 두 분의 모습이 어떠했을지 짐작이 갔다. 오래된 옛 물건으로 가득 담겨져 있던 다락방은, 옛 물건뿐만 아니라 할머니와 할아버지의 인생도 담겨져 있었다.

할아버지는 재주가 많은 분이셨고 낭만적인 분이셨다. 시조는 특히 잘 읊으셨고, 노래를 잘하셨다, 풀잎으로 악기를 만들어 플루트 불 듯 즐겨 불으셨고 바이올린 연주를 참 잘하셨다. 그 시대에는 바이올린 연주가 흔치 않아서 표현하기를 '코밑의 수염으로 연주했다'는 말을 전해 들었는데 특이한 표현이라 생각했다. 이것 뿐만이 아니다. 할아버지는 글도 잘 쓰셨고, 사진 촬영도 하시고 사진 인화도 하셨다. 그래서인지 다락방에 남겨진 물건 중에서 내 마음에 들어온 것은 할아버지가 남기신 사진과 사진기들이었다.

그 사진들은 할아버지가 직접 찍으신 것이라 가치가 있는 것으로 사진 현상도 직접 하신 것이었다. 그때는 흑백컬러 시대인지라 회색톤과 갈색톤 사진밖에 없었는데, 할아버지 사진에는 색이 칠해져 있어 마치 하나의 예술작품 같았다.

또 어떤 사진에는 감각적인 글씨가 담겨져 있다. 멋스러운 신식 양복을 입은 할아버지 사진은 파노라마처럼 이어져서 한쪽은 술을 따르고 있는 모습이고, 또 다른 한쪽은 할아버지께서 술잔을 들고 마시는 모습이었다. 그런데 사진 윗부분에 한잔, 응 이라고 쓰인 글씨와 점으로 꾸민 것이 현대 사진처럼 느껴졌다. 요즘에는 사진 위에 글을 새기거나, 색을 입하는 것이 흔한 일이지만, 60여년 전 당시만 해도 그러한 작업은 획기적인 예술적 표현이었다

성백래 친할아버지의 1938년 작품

할아버지가 남기신 사진을 보니, 세계적인 팝아티스트인 앤디 워홀이 생각났다. 할아버지가 계속해서 사진 위에 작품 활동을 하셨다면, 어떤 작품이 나왔을지 궁금했다. 할아버지가 한국의 앤디 워홀이 되셨을지도 모른다는 즐거운 상상을 하게 한다.

끊임없이 새로운 기법에 대한 실험 정신을 가진 예술가인 앤디 워홀은 영사기를 캔버스에 투영하여 이미지를 확대 하고 본을 뜬 후에 그 위에 그림을 그렸었다. 그때 앤디 워홀의 마음을 사로잡은 것은 바로 사진이었다.

또 앤디 워홀은 여러 초상화를 실크 스크린 기법으로 제작했는데, 그는 흑백 사진을 구해 와서 사진 실크 스크린 기법을 적용하여 다양한 이미지로 재탄생시켰다. 평소 앤디 워홀을 좋아했던 나도 그러한 영향을 받아서인지 뉴욕에서 공부하고 작품 활동을 하던 시절 부모님께서 보내주신 편지를 활용하여 실크스크린 기법을 응용하여 작품화하기도 했었다.

그런데 그가 적용한 다양한 표현방법이 논란의 중심에 서기도 했다. 앤디 워홀의 표현방법 때문에 그의 작품이 예술인지 아닌지를 의심받는 논란의 대상이 된 것이다. 그때까지만 해도 예술의 중심부는 여전히 전통적인 회화 기법에 따른 작품들이 주류였기에 엔디 워홀의 작품은 논쟁의 대상이 될 수밖에 없었다.

그런데 이런 논쟁에 이미 일격을 가한 이가 있었다. 바로 다다이스트로 유명한 마르셀 뒤샹의 등장이었다. 그는 미술계에서 논란이 일던 사진을 자신의 작품에 이용했는데, 예술의 표현도구가 과거부터 주어진 소재에만 한정된다면 똑같은 결과물만 내놓는다는 반성을 내놓았다. 뒤샹은 '과거'에 관련된 것을 모조리 파괴하면서 기존의 미술을 부르주아적인 미술이라고 배격하였다. 어쩌면 뒤샹은 미술 세계가 점점 확장되어 경계가 허물어지는 것을 제일 먼저 느낀 것이 아닐까?

경계를 뛰어넘은 앤디 워홀과 뒤샹의 작품에서 느껴지는 거장들의 아이디어에 감탄하면서도 1930년대 우리나라에서 새로운 미디어의 출현을 받아들이고, 직접 활용하신 할아버지의 예술적 기질이 더 자랑스러웠다. 그런 특별한 분이 나의 할아버지이시니까.

할아버지가 남겨주신 사진들, 이 사진은 마치 가족의 역사처럼 할아버지에서 아버지에게 또 나에게로 전해졌다. 이와 동시에 할아버지의 예술적 기질이 아버지에게 그리고 아버지에서 나에게도 영향을 준 것이었다. 그리고 이제 나의 예술적 유전자가 딸 라희에게 전해지고 있음을 느낀다. 라희의 아빠로부터 내려오는 예술성까지 더해져서.

"할아버지가 직접 사진을 찍고

인화한 사진에,

직접 그림을 그리고 글을 쓴 것은

내게 큰 선물이었다.

할아버지께서 일찍 돌아가셔서

할아버지 품에 안겨보지 못했지만,

나는 사진을 통해

할아버지와 연결된 느낌을

받는다."

⭐

가족.

내게는 세상에서 가장 따스하고 든든한 울타리이자, 세상에서 가장 가까운 벗과 같은 존재들이다. 또 가족은 그 어떤 존재보다도 나에게 힘을 북돋아 주는 고마운 친구들이다. 가족이 있어 웃을 수 있고 가족의 따뜻한 정으로 힘든 시기 또한 이겨낼 수 있었다. 이 세상에서 가족으로 만나는 것, 그것은 신의 영역이고 또 기적일 것이다. 가족은 신의 축복으로 만나는 것이지, 우리가 선택할 수 있는 것이 아니기 때문이다.

우리 가족은 뒷모습마저도 따뜻해 보이는 아버지 그리고 가족을 위해서라면 항상 앞장서시는 어머니가 계시기에 행복할 수 있었다. 유학 시절, 부모님께서 꼼꼼하게 싸고 또 싸서 진공포장까지 해서 보내주신 음식들을 냉장고에 넣다가 울컥한 적이 있었다. 모두 다 내가 좋아하는 것들로 만든 음식 꾸러미들로 멀리 있는 내가 끼니를 잘 챙겨 먹길 바라는 부모님의 마음, 나를 사랑하는 마음이 충분히 느껴졌기 때문이다.

아버지와 어머니는 우리 형제들을 위해 단비를 주고 때로는 날개가 되어주신 분으로, 우리 가족은 가깝게는 서울 근교부터 경주, 부산, 제주 등 우리나라 구석구석까지 그리고 중국의 북경, 청두, 만리장성, 일본의 오사카, 교토, 등 외국 여행도 자주 가곤 했다.

어렸을 때는 부모님께서 여행을 좋아하셔서 우리를 데리고 다니신다고 생각했으나, 엄마가 되고 나서야 많은 경험을 할 수 있도록 애쓰신 부모님의 큰 사랑이었다는 것을 알게 되었다. 나 역시도 작품 준비 기간, 전시회 등 일정이 끝나면 최대한 시간을 내서 딸 라희에게 보여주고자 하는 마음으로 짐을 꾸리기 때문이다. 그래서 더 넓은 세계와 많은 경험을 주고 싶은 부모의 마음으로, 시간이 허락하는 한 딸 라희와 함께 유학 생활을 했던 런던이나 뉴욕을 함께 가곤 한다. 나의 부모님 마음 또한 이러셨다는걸 깨달으며…

아버지는 평생을 열심히 사신 분이다, 힘든 일도 즐거운 일처럼 최선을 다하시며 사람을 중시하셨다, 그러면서도 음악을 사랑하고 취미로 그림을 그리시는 아버지의 모습이 유년기의 기억에 뚜렷하게 남아있다.

아버지가 톰 존스의 음악을 틀어놓고, 그림을 그리는 모습이 가끔 기억나는데, 자주 가시는 단골 LP매장도 있을 정도로 음악을 사랑하셨다.

"누구의 주제련가 맑고 고운 산 그리운 만이천봉 말은 없어도 이제야 자유 만민 옷깃 여미며 그 이름 다시 부를 우리 금강산"

지금도 아버지가 가곡을 부르셨던 모습이 자주 기억나는데, 아버지는 그리운 금강산과 선구자를 자주 부르셨다. 음악을 사랑하시는 아버지 덕분에 나도 자연스럽게 음악을 좋아하게 되었고, 아버지를 따라서 읊조리곤 하였다.

아버지의 그림을 옆에서 보는 날은 그림뿐만 아니라 좋은 이야기도 많이 해주셨는데, 어느 날 아버지께서는 이런 말을 해주신 적이 있다.

"희승아, 배를 깎으면 하얀 속살이 나오지? 우리 희승이는 하얀 뱃속처럼 깨끗하고 맑은 사람이 되어야 한다."

그럴 때면 나는 '네'하고 크게 대답을 했고, 아버지는 지그시 바라보며 머리를 쓰다듬어 주시곤 하였는데, 아버지의 사랑 표현법이었다. 또 아버지는 아무리 사소한 것이라도 이야기해주시고, 의견을 물어봐주신 분이다. 아버지는 합리적이면서도 든든한 후원자가 되어 주셨다.

그러던 어느 날 아버지에게 받은 사랑을 조금이나마 보답하는 순간이 있었다. 할머니를 그렸던 소묘화가 고등학교 미술 교과서에 수년간 실린 것이다. 새하얀 종이 위에 할머니가 살아오신 세월이 그려지듯 소묘로 표현한 것이었는데, 지금 다시 보아도 할머니의 얼굴에는 뭐라 말할 수 없는 아련함이 느껴진다.

아버지는 교과서에 실린 할머니 얼굴을 참 자랑스러워하였고, 할머니가 돌아가신 후에 할머니 사진보다도 내가 그린 소묘화를 더 좋아하셨는데, 아버지께 드린 어떤 선물보다 더 뜻깊은 선물이었던 것 같다.

그리고 많은 세월이 흘러 이제 나는 한 아이의 엄마가 되었다. 아버지, 어머니처럼.

지금껏 살아오면서 아버지나 어머니가 많이 늙으셨구나 하는 생각을 해 본 적이 별로 없었는데, 요즘 라희와 함께 계시는 모습을 바라보니, 아버지의 흰머리, 어머니 눈가에 잔주름이 진해져 있음을 보고, 울컥 한 적이 있다. 특히 어머니 눈가의 잔주름이 할머니의 잔주름처럼 깊어져 있음을 느꼈을 때, 평소에 엄마의 마음을 충분히 헤아리지 못한 마음이 부끄러워졌다.

지금 나 역시 '엄마, 어머니'라는 또 다른 이름을 갖게 되면서, 시간이 지날수록 엄마, 어머니는 내 힘든 일까지도 모두 가져가는 분이라는 것을 느낀다. 그럼에도 아직도 나는 어머니의 마음을 충분히 알지 못한다. 그래서 나는 항상 어머니의 모습을 가슴 한구석에 담고 있다. 어쩌면 나도 어머니를 닮아가고 있을지 모른다. 내가 그랬던 것처럼, 라희도 "엄마, 나 잘했지?"라는 말을 하면서 나에게 기쁜 소식을 알려주고, 또 좋은 일이 생기면 항상 제일 먼저 나에게 자랑한다. 반대로 좋지 않은 일이 생겨도 나에게 제일 먼저 알린다. 내가 '엄마, 어머니'를 가족의 기쁨도 고통도 껴안는 존재라고 느끼는 것처럼 라희도 나를 그렇게 느끼는 듯하여 한편으로 안심이 된다.

가족 모두가 큰소리로 활짝 웃는 함박웃음을 터뜨린 기억, 기쁘고 외롭고 힘든 시간들 그 시간이 어떻든 언제나 힘이 되어주는 가족, 내 삶의 모든 순간과 연관되어 있는 가족은 세상에서 가장 소중한 이름이다.

삶을 되돌아보면서, 이런 생각을 해본다. 우리는 태어나서 가족을 만나고 또 어른이 되면 새로운 가족을 만든다. 한 여자를 만나고 한 남자를 만난다. 그리고 아버지가 되고 어머니가 된다. 또 그러다 시간이 흐르면 할아버지가 되고, 할머니가 된다. 사람이 세상에서 한 가장 아름다운 일은 가족을 만나고 가족을 만드는 일이 아닐까?

에덴의 빛, 91cm x 91cm, acrylic on canvas, 2019

'세상에서 가장 가까운 벗이

누구냐는 질문을 받는다.

그때마다 나는 서슴없이 가족이라고 대답한다.

가족은 이름만으로 마음이 짠해지기도 하지만,

가족이라는 단어를 떠올리는 것만으로도

행복이 밀려온다.

세상에서 가장 가까운 벗이

가족이기에'

샤갈의

영원한 정원

과천 국립현대미술관

이곳은 어린 시절 나의 꿈의 장소였다.

계원예술고등학교 재학 시절 과천 국립현대미술관은 미래의 예술가인 우리들에게 숨을 쉴 수 있는 쉼터이자 미래를 꿈꿀 수 있는 장소였다. 우리나라에서 가장 유명한 화가들의 작품이 전시되는 곳이니 지금도 그렇지만, 그 시절 예고생들에게 꿈의 장소인 것은 당연한 일이다.

그때도 지금도 미술관에 머무는 동안은 현재 살아가고 있는 실재의 시간은 사라지고, 내면의 시간에 들어가는 듯하다. 그래서 마음 통하는 친구들과 자주 찾곤 하였는데, 물론 수업 시간이 아닌 자율학습 시간이었다. 지금도 있는지는 모르겠지만 각 학교마다 학생들만 아는 혹은 선생님들이 눈감아 주셔서 존재했을 비밀의 출구, 일명 개구멍이 하나 정도는 있듯이 그때도 우리만의 비밀통로가 있었다. 그렇기에 자율학습 탈출을 감행하는 것은 어려운 일이 아니었다. 우리는 학교를 탈출하여 자유와 걱정을 동반하면서 과천으로 달려간 적이 있었다.

그날도 영화 〈트레인스포팅〉의 배경음악이었던 'Perfect day'처럼 미술관 너머로 들어온 햇살이 완벽한 오후였다. 그리고 미술관에서 샤갈의 전시회를 만난 그 순간, 충분히 완벽한 오후의 완벽한 날 Perfect day이 되었다. 샤갈의 영원한 정원이 내 안의 영혼과 내 삶을 관통하는 느낌, 그 순간 나는 멈출 수밖에 없었다. 샤갈은 "나에겐 스승이 없다."라고 말했다고 하지만, 그 대신 샤갈은 나의 스승이 된 순간이었다.

정형화된 기법을 탈피해서 같은 색채인데도 다양한 느낌을 주는 그의 색채는 한순간에 보는 이를

모닝스타, 112cm x 112cm, acrylic and glass powder on canvas, 2018

매료시켰다. 그것뿐만 아니라 마음 안에 있는 고민이나 상처들이 눈 녹아내리듯 사라지는 치유의 시간이었다. 철학자 가스통 바슐라르는 샤갈에 대해서 "소년 속의 노인, 노인 속의 소년"이라고 말한 적이 있는데, 샤갈의 작품을 보다 보면 몽상에 잠길 수 있기 때문에 그런 말을 했을 것이다.

가스통이 말한 것처럼, 샤갈의 작품 앞에서는 누구나 몽상가가 될 수 있다. 샤갈의 작품을 보면 원근법이나 비례 법칙 등 기존의 틀을 뛰어넘는데, 그러한 표현 기법에서 오는 동화적인 느낌이나 다양한 색채의 질감이 주는 분위기가 현실을 뛰어넘은 몽상의 세계에 빠지게 한다. 샤갈만이 줄 수 있는 밝고 활발한 그만의 활기찬 느낌이 고스란히 담겨있다. 샤갈 자신이 인생에서 삶과 예술에 의미를 주는 단 한 가지 색은 바로 사랑의 색이라고 말한 것처럼, 샤갈은 사랑을 통해 모든 삶을 긍정적으로 바라보았고, 작품을 통해 삶의 기쁨과 사랑을 전하고자 했을 것이다.

그런데 재미있는 사실은 샤갈 스스로는 "나를 몽상가라 부르지 마라! 난 현실주의자"라고 했던 점이다. 어쩌면 샤갈이 자신만의 예술 세계를 찾기까지 멀고 험난한 여정을 가슴 절절히 얘기했던 것이 아닐까? 당시 샤갈이 활발하게 활동했던 20세기 초반은 인상주의, 표현주의, 야수파, 초현실주의, 다다이즘 등 수많은 미술 사조들이 활동하던 미술계에서 대격변의 시대였다. 다양한 미술 사조가 출현했고 샤갈이 추구한 '작품'은 어떤 유파에도 속하지 않는다는 것이 매력적이었다. 즉 샤갈은 어느 한 고정적인 형식적인 유파에 머물지 않고 그만의 독자적인 그림 세계를 구축한 것이다.

무엇보다 샤갈은 회화만 한 것이 아니라, 판화, 삽화, 태피스트리, 스테인드글라스 등 다양한 분야에서 작품을 남긴 종합 예술가라는 점이 더 매력적이었다. 그림은 표현 기법에 얽매이지 않은 심미적인 면과 그림이 담고자 하는 메시지가 잘 어우러졌을 때 관객들과 최고의 소통을 할 수 있는데, 샤갈의 그림에는 그러한 요소들이 잘 들어있는 것 같다.

샤갈의 작품에서 보여주는 주제와 표현 기법은 모두 기존의 주류 미술과는 차별되는 비현실성이 느껴지게 한다. 샤갈의 작품을 당시 유행했던 인상주의 관점에서 보면 연인이 허공을 나는 모습은 무척이나 허황된 장면이다. 그렇지만 이는 당시 세잔이나 고흐가 의도한 왜곡과 달리 샤갈만이 표현할 수 있는 의도적인 왜곡 이상의 것이다.

그런데 샤갈이 표현하고자 하는 것은 정형화된 원칙을 갖춘 입체주의나 극도의 감정만을 표현한 것도 아니라 자신만의 세계를 보여준 것이다. 샤갈 자신의 무의식에 근거하고 있으나, 그 스스로 선택한 미적 가치를 부여하여 샤갈만의 작품을 만들어 냈을 것이다.

샤갈의 작품 소재를 보면 어린 시절의 추억이나 고향의 향수와 같은 소박한 자신의 경험 세계가 많다. 이러한 샤갈의 작품은 우리에게 말을 건네며, 사람의 마음을 위로한다. 축 쳐진 어깨에 기운을 북돋고, 굽은 등을 토닥이고, 실의에 빠진 마음에 다정한 눈인사를 건넨다. 그래서 그의 작품과 색채를 보면서 우리는 치유의 시간을 가질 수 있다. 그 역시 세계 대전과 사회 격변의 소용돌이를 경험하면서 자신에게 소중하고 절대적으로 필요한 소박한 환상세계를 그리는 활동을 통해 치유의 시간이 필요했던 것이 아닐까 생각된다.

예술가에게 있어 사회의 문제와 모순을 하나하나 짚어 직접적으로 표현하여 반박하는 것도 대응 방식일 수 있으나, 샤갈의 표현방법처럼 참혹한 현실과 아주 동떨어진 자신만의 세계를 그려 나감으로써 어린 시절의 순수함을 작품에 반영하여 현실도 그리고 마음속 이상 모두를 위로하는 것이 될 수 있다는 생각이 든다.

추상화의 거장 피카소는 "마티스가 죽은 후, 진정으로 색채가 무엇인지 이해할 수 있는 화가는 샤갈뿐이다. 르누아르 이래 샤갈처럼 빛을 잘 이해한 화가는 없다."라고 극찬한 적이 있었다. 샤갈의 색채에 빠지는 이유가 바로 빛에 있었던 것이다.

"나만의 색채 빛을 낸다는 것,

그것은 그림을 그리는 사람에 있어서

가장 기본적인 요소이지만,

또 표현하기에 가장 힘든 요소일 것이다.

샤갈만의 색채와 빛을 통해서

관객들에게 치유의 시간을 주듯

나 역시 나만의 그림과 표현으로

관람객들에게 위로를 건넨다."

2
장

파랑새를

찾아서

◂ 모닝스타, 162cm x 130cm, acrylic on canvas, 2018

뉴욕,
파랑새를 찾아서

어릴 적에 읽었던 '파랑새'라는 벨기에 동화가 기억난다. 주인공 틸틸과 미틸이 파랑새를 찾아서 떠나는데, 책을 읽는 나 역시 궁금함을 숨길 수 없어 바삐 책장을 넘겼었다. 틸틸과 미틸은 어느 곳에서도 파랑새를 찾을 수 없었고, 대신 집에 돌아온 그들은 꿈을 꾸었던 것을 알게 된다. 그리고 결국 집안의 새장에 있던 새가 바로 파랑새라는 것, 행복은 우리 곁에 있다는 것을 깨닫는 이야기로 결말을 맺는다.

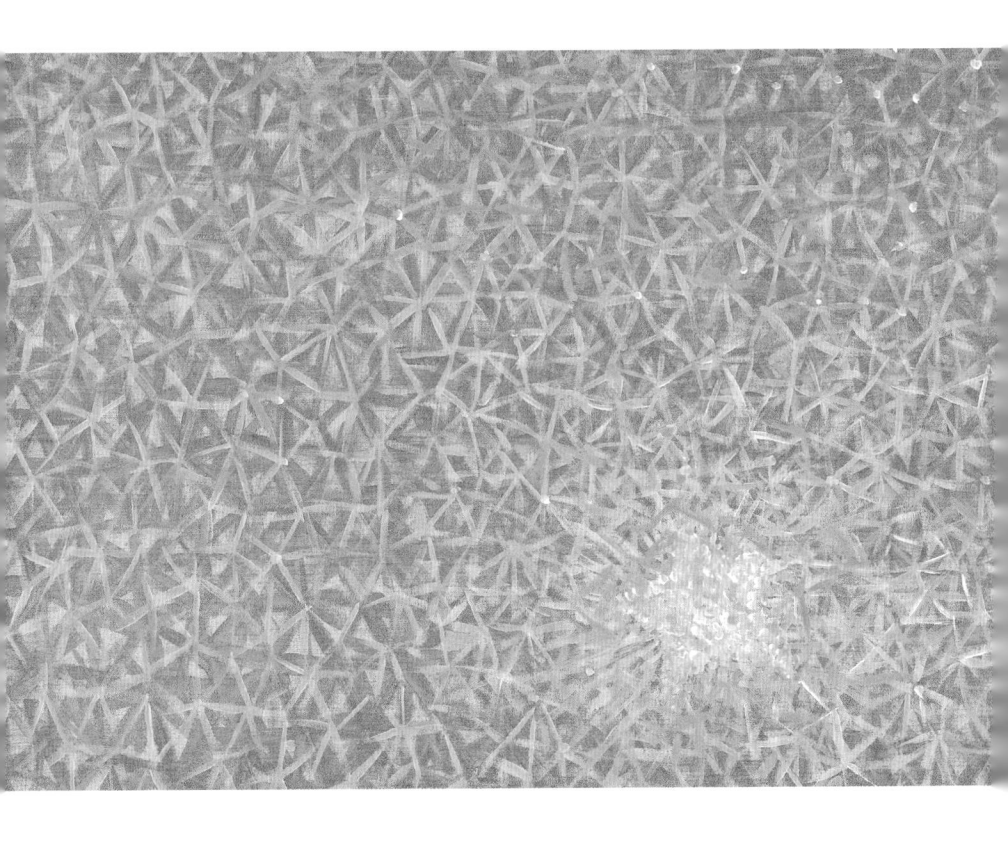

'틸틸과 미틸은 밤새 파랑새를 찾아 꿈속을 헤맸답니다.
밤새 고생을 하고 다녔지만 결국 파랑새는 찾을 수 없었
습니다. 눈부신 아침 햇살에 눈을 떠보니.
방안 새장에 파랑새가 있었답니다.'

_파랑새 중에서

한때는 내게 파랑새가 없다는 생각을 했었다. 구체적으로
유학을 가고 싶다는 생각은 이른 나이인 중학교 때부터였는

모닝스타, 180cm x 65cm, acrylic on canvas, 2018

데, 부모님은 우리나라에서 할 수 있는 모든 것들을 배우고 떠
나길 바라셨다. 그래서 나는 중학교, 고등학교, 대학교, 대학원
까지 최선을 다해 공부하고, 작품 활동을 해왔다.

　그럼에도 내 안에서의 목마름은 해결되지 않았다. 나는 나
의 파랑새를 찾아서 머나먼 타국, 미국 예술의 중심이자 세계
예술의 중심인 뉴욕으로 갔다. 복잡한 교통과 숨 가쁘게 흘러
가는 일상으로 가득한 뉴욕에서 외롭지 않았던 것은 바로 내

가 하고 싶은 것을 할 수 있었기 때문이었다.

우리나라에서 하지 않았던 분야들을 주로 했었는데, 대표적인 것이 사진 작업과 신체를 이용한 행위 예술이었다. 고전과 근대미술사에도 미술가는 자신의 몸을 사용하거나 몸이 주제가 되는 등 자신의 모습을 통해 작품 활동을 해왔는데 그것이 누군가에게는 자화상이 되고, 또 누군가에게는 퍼포먼스를 하는 데 이용되었다.

내 경우는 사진과 퍼포먼스를 모두 적용하였다. 사진은 퍼포먼스를 가장 쉽고 빠르게 찰나를 기록하는 적절한 매체라서, 사진을 배우고 암실에서 현상하여 실제로 퍼포먼스에 활용하였다. 특히 진지하게 사진 작업을 하면서 내 마음속 깊은 곳에 있는 행복의 언저리를 들여다볼 시간을 가질 수 있었다. 봄날 아지랑이처럼 새로운 창작에 대한 열망이 피어오르고 있었다.

그러던 중 우연한 일을 계기로 뉴욕의 어느 서점에서 〈파랑새〉의 원작을 다시 읽어 볼 수 있었다. 그리고 '파랑새'를 읽고 나면 개운한 마음이 들지 않았었는데, 그 비밀이 풀렸다.

행복은 가장 가까운 곳에 있다고 말하면서, 가장 가까운 곳에서 발견한 파랑새를 잠시 손에 넣었을 뿐, 이내 파랑새를 잃어버린 결말 탓이다. 과연 '어린이를 위한 동화였을까'라는 생각에 뒤적여보다 알게 된 사실이 있었다. 우리가 일반적으로 알고 있는 파랑새 이야기는 결말이 아니었는데, 원작에서는 꿈에 관한 이야기뿐 아니라 행복, 사랑, 꿈과 이상, 그리고 죽음에 관한 것까지 삶의 의미를 보여준다.

원작에서는 그들이 집으로 돌아갔을 때 주변에 있는 모든 것을 어떻게 바라보아야 하는지 깨닫고 또 배우는 것이 얼마나 중요한지를 알려준다. 특히 틸틸과 미틸의 어머니가 멀리 날아간 파랑새를 보고 슬퍼하는 남매에게 너희는 이곳이 천국이라고 생각하겠지만 서로 안아 준다면 어디나 다 천국일 것이라고 알려준다.

그때도 지금도 나에게 있어 그림을 그리고 작품을 한다는 것은 나의 영혼과 교류하는 일이다. 마치 틸틸과 미틸이 남매를 이루어 언제나 함께해서 행복하듯, 미술 작업은 나를 대변하는 하나의 분신이자 또 나와 언제나 함께할 단짝이며, 나에게 행복을 주는 선물과 같다. 행복은 특별한 장소와 시간 안에 존재하는 것이 아니라, 지금 이 순간, 미술 작업을 하며 깨어있는 이 순간이 있기에 행복한 것임을 깨닫는다.

뉴욕에서의 생활 중에서 워싱턴 스퀘어 파크의 벤치에 앉아서 작품을 구상하거나, 공원이 보이는 근처 카페에 앉아 한여름의 뜨거운 태양을 담은 듯한 아메리카노 한 잔에 푹 빠져 뉴욕의 정취를 느끼는 것을 좋아했다. 워싱턴 스퀘어 파크는 뉴욕 맨해튼 그리니치 빌리지에 있는 공원으로, 이 공원의 워

Women in Love 전시회 퍼포먼스, Tenri Cultural institute of NY, 2005

싱턴스퀘어 아치를 통과하면 공원 중앙에 분수가 자리하고 있고 또 한쪽에는 푸르른 잔디가 펼쳐진다.

나는 주로 자전거를 타고 학교에 다녔었는데, 바람을 가르며 달리면서 아우토반을 달리는 것 이상의 자유로움을 느낄 수 있었다. 또 천천히 산책하며 느릿한 속도로 바라보는 세상은 조금 느리지만, 섬세하게 볼 수 있는 것들이 많았다. 그 순간 내가 행복할 수 있었던 것은 뉴욕에 있어서라기보다 내 영혼의 단짝 같은 미술과 항상 함께였기 때문이다. 〈파랑새〉의 결말처럼.

인간은 누구나 행복을 목표로 하기에 고대부터 행복에 대한 많은 사유를 하고 살아오고 있다. 특별히 서양에서는 고대 그리스의 철학자들이 행복의 문제를 철학적 성찰의 대상으로 삼았다. 소크라테스, 플라톤, 아리스토텔레스 등 고대 철학자들은 인간이 추구하는 '최고선supreme good'이 바로 '행복eudaimonia'이라고 했었다. 또 뒤이어서 나온 헬레니즘 철학은 그리스 철학으로 최고 관심사는 '최선의 삶' '행복한 삶'이었다. 20대의 나도 그리고 지금의 나에게도 '행복'이란 무엇인가 묻는다면, 나는 서슴지 않고, 작품 활동을 하고 있는 '지금 이 순간'이라고 말할 것이다. 미술은 내게 행복에 한 발짝씩 가까이 다가서는 방법을 알려주고 있다. 그림을 그리는 동안 그리고 퍼포먼스를 하는 동안 나는 인간이 느끼는 최고의 행복을 느끼고, 신이 내려주신 최고의 선을 이행하는 것이다.

그리고 행복의 가장 큰 조건은 감사함을 갖는 것이다. 그것은 신의 축복인 동시에 선물이기 때문이다. '오늘 하루도 감사합니다.' 말할 수 있다면 이로써도 충분히 행복한 삶을 살아가고 있는 것이 아닐까?

나를 포함한 모든 예술가들은 누구보다도 삶을 소재로 살아간다. 그리고 예술가라면 누구도 예외 없이 이 순간을 영원히 작품에 담고자 한다. 예술가들은 보통 사람이 놓치기 마련인 아주 사소한 순간, 사물·관계를 놓치지 않는다. 기쁨 속에서도, 불행 속에도, 절망 속에도 그리고 고독한 가운데에도 작품 활동을 하고, 그 순간 예술가로서의 행복이 존재한다.

"지금 이 순간을 느낀다면

그걸로 행복한 것이다.

삶에서 기쁨은 순간이지만

미술 작품 속 기쁨은 영원할 수 있다.

영원한 기쁨의 그 순간을 작품에

담을 수 있기 때문이다."

★

New York, New York,
New York city

　뉴욕은 많은 예술가들이 꿈의 도시라고 할 정도로 인생에서 한 번쯤은 살아볼 가치가 있는 곳이라고 생각한다. 그래서일까? 프랭크 시나트라부터 빌리 조엘, 아하, 킹어브컨비니언스 그 밖에도 많은 음악가들이 뉴욕이라는 도시에 관한 노래를 만들어서 뉴욕을 알릴 정도로 뉴욕은 전 세계 많은 사람들에게 사랑받는 도시이다.

　또 뉴욕 중에서도 예술가들이 사랑하는 곳이 있다. 처음에는 뉴욕의 소호였다면, 지금은 브루클린 지역이다. 브루클린은 뉴욕뿐 아니라 미국 전역에서도 작가들의 인구가 가장 많이 밀집되어 있는 지역이다. 1960~70년대 뉴욕 맨해튼 소호 지역에 살고 작업하던 많은 작가들이 치솟는 임대료를 피해 경제적인 부담이 덜한 작업 환경을 찾아 떠나야 했고, 밀리고 밀려 선택한 곳이었다.

그랬던 브루클린이 이제는 예술가들이 거주하며 형성한 다양한 아트커뮤니티가 있는 곳으로 매력적인 곳이 되었다. 예전 공장지대였던 브루클린은 그 잔해가 남은 폐공장이나 폐창고가 예술의 힘으로 재탄생한 모습을 볼 수 있다. 낡은 벽 여기저기 페인트가 벗겨진 채 낡은 철골을 그대로 드러낸 창고가 멋진 작업실이 되어 있으니 말이다. 또 폐공장의 넓은 공간과 높은 천장이 예술가들과 만나 매력적인 지역으로 탄생해 새로운 생기를 불어 넣어주었다.

점차 예술가들이 작업하기에 최적의 조건이 형성되었고, 완벽한 작업실이 만들어져갔다. 지금은 수천 명 이상의 예술가들이 브루클린에 거주하거나, 작업실을 두고 활동하니, 예술가 타운이 조성될 정도가 되었다. 그리고 뒤이어 갤러리들까지 차례대로 입성하는 등 브루클린이라는 공간이 아티스트적인 공간이자 예술가들의 생생한 창의력으로 가득 찬 지역으로 변하게 되었다.

브루클린의 여러 지역 중에서도 덤보는 아티스트 작업실의 중심이라고 할 수 있는데, 이 좁은 몇 개의 블록 안에 수

욕망의 스펙트럼, 145cm x 97cm, Oil on canvas, 2013

많은 작업실이 공존하기 때문이다. 여기서 덤보는 Down Under the Manhattan Bridge Overpass의 약자로 맨해튼 지역 아랫동네를 칭하는데, 맨해튼 다리 교각 하단을 기점으로 브루클린 다리 초입까지 이어지는 지역을 가리킨다.

브루클린에서 열리는 축제 중에 덤보아트페어는, 도시 내에 많은 전시와 퍼포먼스가 열리고, 뉴요커부터 관광객들까지 많은 이들이 모인다. 이 아트페어에는 브루클린 지역에 사는 많은 예술가들이 참여하는데, 그중 하나였던 나도 덤보아트페어에 참여하게 되었다.

특히 덤보아트페어 기간에는 브루클린이라는 지역 자체가 하나의 오픈 스튜디오가 되고 갤러리가 된다. 당시 내가 살고 있던 브루클린 작업실의 호수가 628호였는데, 이 번호를 따서 스튜디오와 퍼포먼스 프로젝트의 이름을 지었다. 그래서 나온 이름이 브루클린 628 오픈 스튜디오이다.

덤보 아트페어에서 소개한 작품은 뉴욕에 머물면서 그동안 해온 모든 퍼포먼스 작품 사진과 각각 다른 색의 물에 휴지가 빠르게 흡수되는 모습을 영상으로 담은 것이다.

먼저 브루클린 628 오픈 스튜디오에서 프로젝터 빔을 쏜 후 스튜디오 창문 밖으로 통과하여 브루클린 브릿지까지 가도록 한 것이었다. 이 퍼포먼스 프로젝트에는 2003년 베니스 비엔날레부터 2006년까지 이어져 왔던 'run, Lora, run' 시리즈 사진부터 사막, 베이징 등에서 했던 퍼포먼스까지 고스란히 담았는데, 그것들이 모여 하나의 작품이 되었다.

이 퍼포먼스 작품을 통해 오픈된 스튜디오 창문 밖 대중에게 전달되어 외부로 향하는 창가에 서서 대중과 호흡하고 소통하고자 했는데, 한 예술가로서도 그동안 작업해온 퍼포먼스와 미디어 예술 작품들을 돌아보는 뜻깊은 시간이었다.

풍경이나 정물, 그리고 추상화 작업까지 순수회화 작업에서 신체를 이용한 퍼포먼스 그리고 그것을 담을 사진 작업까지 예술가로서의 다양한 스펙트럼이 형성되는 기간이었다. 순수회화를 하면서 점과 선을 이해하고 공간을 만들어 나만의 색을 만들어나갔다면, 퍼포먼스를 작품을 통해 예전에는 상상할 수 없었던 자유롭게 표현하고 표현의 한계를 뛰어넘는 시간을 가질 수 있었다.

이렇듯 기존에 하지 않았던 퍼포먼스 작품을 할 수 있었던 가장 큰 원동력 중 하나는 행위 예술의 발전과 컨템포러리 퍼포먼스만을 위한 실험공간들이었다. 예술가들에게 이러한 공간은 어떠한 공간적, 제도적 제약을 받지 않고, 무대가 아닌 일상 공간에서 이루어지면서, 관람객과 예술가의 경계를 허물며서로 교감할 수 있게 하기 때문이다. 또 뉴욕이라는 도시의 자유로움은 예술가들에게도 영향을 주어서, 경직되지 않은 사고, 자유로운 오브제의 사용, 때로는 반항적이고 반사회적인 신체적 표현도 가능하도록 했기 때문이다.

　　예술가로서 살아가면서 최고의 기쁨 중 하나는 작품을 관람하는 관람객과 소통하는 일들을 만나는 것이다. 그리고 그 통로가 여러 가지일 때 각각 다른 발견을 하게 한다. 마치 어떤 여행을 가느냐에 따라서 만나고 체험하는 것이 다르듯이 예술가의 작품 활동도 다양한 것들을 발견하고 교감을 위한 일이다. 그렇지만 그러한 일이 쉬운 일은 아니다.

　　그것은 마음 안에 존재하는 미지의 세계에 대한 탐험을 치열하게 했을 때, 타인의 공감과 교감을 받을 수 있다. 예술가에게 있어서 그림을 그리는 것도, 퍼포먼스를 하는 것도 고뇌와 고통을 통과해야만, 하나의 미술 작품을 낳을 수 있고, 그에 따른 교감을 할 수 있고 소통이 따른다. 미술 작품은 외딴 섬에서 탄생하는 것이 아니고, 우리가 살아가는 삶의 자리와 현실에서 이루어지는 것이기 때문이다.

"미술에서는

삶과 일상이 중요하게 다루어진다.

삶 안에서 존재하는 미술,

우리 곁에서 숨 쉬고 있는 미술이 내게 다가왔다.

꿈과 이상 너머에 있던 미술이

현실로 들어온 것처럼,

미술은 현실 속에 삶의 동반자가 되어,

우리 삶을 거대한 하나의 작품이

되게 했다."

★

　　　　　　　　모하비라는 이름은 원주민 인
디언 부족 '모하비'에서 따온 것으로, 모하비 사막의 넓이는
6만 4천 750㎢로 우리나라보다 조금 작은 크기로, 꽤 넓은 편
이다.

"CALLING YOU ～～"

　　모하비 사막에서 바람과 함께 들었던 영화 〈바그다드 카
페〉의 주제곡 'Calling You'가 모하비 사막에 짙게 퍼졌던 기
억이 난다.
　　모하비 사막은 실제로 《바그다드 카페》의 제작 장소이다.

이 영화는 겉보기엔 전혀 조화를 이룰 수 없는 주인공들이 만나 새로운 삶을 살아가는 이야기가, 사막 한가운데 카페에서 조용하고 느릿느릿 움직이면서 담담하게 살아가는 이야기로 마무리된다. 인생이 그러하다는 듯이.

어떤 희망적인 일도 일어나지 않을 것 같은 불안감이 일 때, 마음이 사막과 같다는 표현을 할 때가 있다. 살아가면서 우리는 때로 사막같이 황량함에 빠져 있을 때가 있고, 사막처럼 메마른 마음에 더 외로워지고 처절함을 느낄 때도 있다.

그러나 젊은 예술가들에게 사막은 매력적인 곳이다. 그곳에 가면 예술사적인 변화, 매번 혁명을 꿈꾸는 마음에 단비와 같은 오아시스를 만날 것만 같았으니깐.

현실적 갈등이나 고민은 작가의 영혼을 작품에 담기 위한 불편하고 힘들지만, 꼭 있어야 하는 것들이다. 막연히 아름답기만 한 작품은 인위적으로 만들어진 꽃처럼 생명력이 약하다. 또 갈등과 고뇌가 없는 작품은 가벼워 보인다. 반대로 당장 해결할 수 없을 것들과 혼란과 고뇌는 종종 예술에게는 좋은 조건이 된다. 그리고 젊은 예술가에게 있어 사막은 그런 조건 중 하나이다.

모하비 사막을 알게 된 그 순간부터, 사막에서 부르는 소리가 궁금했고, 사막에서 피어나는 생명이 있을까 직접 보고 싶었다. 그래서 언젠가는 사막에 가보고 싶다는 생각을 했는데,

룸메이트였던 에이드리안과 함께 모하비 사막으로 떠날 계획을 세웠다. 에이드리안은 사진과 사운드 아트를 전공한 예술가였고, 나는 순수회화와 퍼포먼스 예술가였기에 서로 상호보완작용을 하면서 통하는 것이 많았다. 그녀의 작업은 그녀의 아버지를 위한 작업이 많았는데, 시력이 떨어져 거의 앞을 보지 못하는 아버지를 위한 것으로 사진을 음악코드로 바꾸는 작업이 그녀의 주된 작품이었다. 무엇보다 동서양의 문화적인 차이를 느낄 수가 없어 뉴욕대학교에 다니는 3년 동안 룸메이트를 할 수 있었다.

"에이드리안, 오늘이야. 떠나자."

"yes~ Let's go"

눈빛만 봐도 통할 정도로 서로 뜻이 맞았던 에이드리안과 나는 무작정 출발하였다. 모하비 사막 한가운데 서서 퍼포먼스를 하면서 사진에 담을 계획이었다.

젊은 아티스트에게 작품을 한다는 것은 때로는 사막 한가운데 서 있는 것과 같을 때가 있다. 사막에서의 목마름이 절정에 달할 때, 기쁨도 함께 느껴졌다. 사막에서 머리카락을 자르고 그것들로 옷을 만들어 몸을 가렸다. 사막 한가운데에서 메마른 존재인 내게 신이 주신 사랑을 표현하고 싶었다. 창세기

모하비사막 퍼포먼스, 2006

3장 21절이 사막 퍼포먼스의 작품 제목으로 메마르고 무의미한 존재에 생명력이 불어 넣어지고 신의 보호를 받아 존재의 가치를 느끼는 모습이었다.

> "사막이 아름다운 것은 어딘가에 우물을 숨기고 있어서 그래"
> "집이든, 별이든, 사막이든, 그것을 아름답게 하는 것은 보이지 않는 어떤 것이야."
> 가장 중요한 것은 눈에 보이지 않아."…
>
> _어린왕자 중에서

어린왕자에서 사막이 아름다운 이유가 우물을 숨기고 있어서라는 장면이 있다. 메마른 사막과 어딘가에 '우물'이 있기 때문에 그 삶은 더욱 가치 있어 보이는 것이다. 눈에 보이지 않은 가장 중요한 것, 그것은 누군가에는 존재 자체일 것이고, 누군가에는 자신을 창조한 신이 될 것이고, 또 누군가에게는 사랑일 것이며 각각 다른 모습일 수 있다.

나에게 있어 사막이 아름다웠던 이유는 메마름의 절정에 존재를 확인하고 그것을 퍼포먼스로 남길 수 있는 보이지 않는 사랑, 하나님의 사랑이 느껴졌기 때문이다.

'오늘'은 지나고 나면 어제가 되고 과거가 된다. 하지만 작품 속 시간은 그 시간 그대로, 영원하다. 그러나 행위 예술은 일반적으로 '영원함'과 거리가 멀다고 말한다. 반대로 퍼포먼스를 하는 순간과 퍼포먼스의 공간이 중심이 되는 예술이다.

'지금'이라는 시간은 지나면 존재하지 않는다고 말하지만, 나는 지금이라는 시간을 영원히 남기기 위한 작품을 하고, 그것이 행위 예술이라는 생각을 한다.

2017년 라희와 함께 다시 모하비 사막을 찾았다. 여전히 사막은 내게 존재 가치를 일깨워주었고, 또 다른 삶을 위해 살아가는 내게 이제부터 시작이라고 말하고 있었다.

사막은 적어도 내게 있어서만큼은 메마름과 외로움의 장소가 아니라 다시 피어나는 생명을 지닌 곳, 부활의 장소이다.

"끝이 보이지 않는 바다처럼

광활하게 펼쳐져 있는

황금색 모래밭

그리고 노랑, 초록,

그리고 붉은색으로 펼쳐진 무지개가

사막 언덕 너머에 존재할 것만 같다.

사막은 삭막함을 주는 것 같지만,

그 어떤 곳보다

따스한 곳이다."

베
이
징
버
즈
컷

2005년 베이징 필름 아카데미 페스티벌.

한 시간도 채 안 되는 시간. 모두가 숨죽여 한 사람만을 응시하고 있다. 바로 버즈컷을 하고 있는 나를 응시하고 있었다. 버즈컷은 우리말로 까까머리를 의미하는데, 이날 무표정한 모습으로 버즈컷을 함으로써 더 강렬함을 부과한 퍼포먼스를 선보인 것이다.

학교 캠퍼스 거리에서 진행하는 퍼포먼스였는데, 퍼포먼스 전, 먼저 베이징 필름 아카데미의 기숙사 건너편 이발소 앞에서 사진 촬영을 했고, 그날 낮 동안 비가 내렸기에 해가 저물기를 기다렸다. 비가 멈추고, 베이징을 닮은 붉은 석양이 떠오르는 시간 영상 촬영이 시작되었다. 바닥 부분 부분에 촉촉하게 비가 고여 있어, 더 아름다운 영상이 연출되었다.

이때 베이징 필름 아카데미에서 영화촬영에 주로 쓰이는 여러 기자재를 자유로이 이용할 수 있었는데, 특히 조명은 한 역할을 톡톡히 하였다. 연극적이고 영화적인 분위기가 연출되었고, 배경에 돌아가는 이발소 이정표와 묵묵히 정지된 듯한 내 모습은 대비되어 흘러갔다.

드디어 베이징 버즈컷이 시작되었다. 관객은 숨을 죽인 채 나를 바라보았고, 그러한 모습의 관객 앞에 서서 머리카락을 깎았다. 머리카락은 페스티벌에 함께 참여한 작가 3명이 돌아가면서 깎아주었다. 들리는 소리는 오직 머리카락을 삭발하는 전동 바라킹의 소리일 뿐 숨소리도 들리지 않았다.

버즈컷 퍼포먼스를 진행하는 공간은 극도로 고조된 긴장감으로 가득 찼고, 뻥 뚫린 외부공간이라는 점이 믿기지 않을 만큼 소리들이 확대되면서 강조되어, 작은 움직임 하나도 크게 느껴지는 기운이 감돌았다. 기다림이 계속되면서 사람들의 눈길에 궁금증을 느껴졌다. 버즈컷 퍼포먼스를 통해 보내려는 메시지를 궁금해하는 눈빛이 여기저기서 느껴졌다.

이 퍼포먼스는 아무것도 담겨져 있지 않던 백지의 상태, 순수의 시절로 되돌아가려는 마음, 다시 시작점으로 돌아가고 싶은 열망이 담긴 것이었다. 예술가로서 살아가면서 나도 모

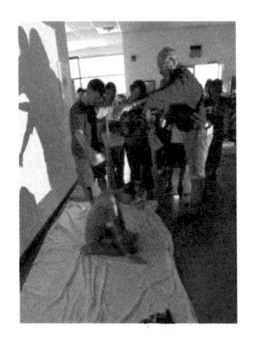

구원의 여섯가지 색, 2005

구원의 여섯가지 색, 2005

베이징버즈컷, 2005

올랭피아, 2005

초대받은/초대받지않은, 2003

run, Lora, run, 2004

르게 생겼을 세상에 대한 편견과 아집 그리고 기질을 뛰어넘어 본래의 순수한 나로, 신이 창조했을 본래의 나로 돌아가자는 의미를 담고 있었다.

또 한편으로는 급변하는 중국의 트렌드를 관찰하고 탐구하면서 변화되어가는 중국을 표현하고 싶었는데, 중국의 시장 개방에 따른 중국 예술계의 변화에 보내는 메시지였다. 2000년대 초기 중국은 사회격변기로 중국의 문호개방 이후 중국의 예술계도 한층 업그레이드되는 시기였다. 중국 내 경직되어있던 미술 풍조가 포스트모더니즘으로 활성화되었던 시기로, 중국 관객의 문화 욕구도 높아졌고 세계 미술계도 중국을 향해 있었다.

당시 중국 미술계도 혁명이나 이념적인 것이 아니라, 대중의 일상적 삶을 예술 주제로 삼는 것이 시대적 요구였던 것으로 보인다. 중국에서도 미술에 대한 제한과 검열의 벽이 조금씩 허물면서, 대중과도 친하게 지내게 된 것이다. 이윽고 삭발이 끝나서 어깨에 수북이 내려앉은 나의 검은 긴 머리카락을 툴툴 털며 자리에서 일어났다.

그 짧은 순간은 슬로우 모션처럼 사람들의 가장 큰 집중을 받았는데, 지금도 고스란히 한 장면 한 장면 떠오른다. 조용히 퇴장하는 나의 모습을 바라보는 한 관객의 눈에서 마음이 통했음을 느낀다. 그 순간 내 안에서의 고정관념이 깎여져 나가

듯 중국 미술계의 경직된 미술이 깎여져 나가고, 대신 반 이념적이며 미술의 본질적인 순수한 개념이 제대로 정립되기를 바라는 마음이 전해지는 듯했다. 눈물을 머금고 내게 다가와서 서투른 영어로 자신의 감동을 표현하는 중국 학생을 보자, 나도 모르게 눈시울이 붉어졌다.

더 나아가 베이징에서의 버즈컷 퍼포먼스를 하면서 그것을 통해 같은 시대를 살아가며 깨어 바라보는 현실, 어떤 면에서는 과거보다 더 정형화되어가는 미술 구조와 미술가의 기능에 대한 비평과 도전을 하는 것이었다. 또한 퍼포먼스를 관람하는 관람객에게도 기존의 미술에 대한 고정관념을 깨고, 반미학적 접근을 통해 새로움을 확인할 기회를 제공하는 목적이 있었다.

이러한 예술적 퍼포먼스를 보는 관객 또한 자신의 세계관을 바꿀 수 있는 기회를 얻게 된다면 그것이야말로 예술가에게는 최고의 행복일 것이다. 매우 사소한 일상성에 내재된 개념을 찾아내면서 일상 안에서 퍼포먼스를 하고자 하는 이유도 바로 이러한 이유에서이다.

우리나라에서는 순수회화만을 전공했는데, 뉴욕대학교에서는 순수회화와 미디어아트를 동시에 전공할 수 있어서 참 좋은 기회였다. 당시 나는 비디오 아트와 같은 미디어 아트에 많은 관심이 갔다. 미디어를 통해 관람객들과 즉각적인 교감을 하고 자유로이 접근하기가 용이했기 때문이다. 그렇다고 회화를 완전히 배제한 작업을 한 것은 아니다.

내가 하는 작품에 있어 붓을 드는 작업은 늘 나의 본류였기에 비디오 아트를 주로 한다 해도 그림 작업은 계속해 나갔다. 이 당시에도 여전히 내가 중요하게 생각하는 것은 전통적 회화 안에서 활동하면서도 영역을 더 확장하자는 것이었다. 그때 퍼포먼스 작업(행위 예술)은 어린 시절부터 해온 순수미술과 함께 나에게 매우 중요한 미술적 언어가 되어 갔다.

이렇게 끝이 난 베이징 버즈컷은 내 안의 무의식 속에서 자라고 있던 정형적인 틀을 깨고 세상의 자유로움을 온몸으로 품은 듯 자유로움을 만끽할 수 있었다. 이 퍼포먼스를 통해 새로운 미술을 제안하고 창조할 수 있는 힘이 생기는 것을 느꼈다.

특히 비디오 아티스트 성희승이라는 이름으로 참가한 이 퍼포먼스는 어쩌면 다시는 할 수 없는 것일 것이다. 베이징 버즈컷은 베니스 비엔날레의 'Invited/Uninvited'와 'run, Lora, run'을 시작으로 동적이면서 인체를 소재로 한 퍼포먼스의 완결편이라 볼 수 있기 때문이다.

관람객과 교감할 수 있는 퍼포먼스를 위해서는 사전에 철저한 준비와 진행 과정, 참여하는 대상에 대한 연구와 분석 등 매우 정교한 작업이 필요하다. 퍼포먼스의 처음과 끝, 그 모든 과정이 관람객을 완벽히 끌어들여 작품의 일부를 함께 만들어

가는 작업이기 때문이다. 보는 사람은 아주 짧은 순간에 끝나는 퍼포먼스일지라도, 퍼포먼스를 준비하는 예술가는 매우 절제되고 정확한 계산을 하며 또한 상황에 따른 즉흥적 융통성이 필요하다.

우리가 만나는 현대미술 작품에는 퍼포먼스인 요소가 대부분 들어있다. 오히려 그러한 요소가 없는 경우는 드물 정도다. 퍼포먼스는 관람객의 '일상성' 안에서 작가들이 작품의 주제로 전하려는 메시지를 연결해주는 메신저가 되기 때문이다.

뉴욕에서 주로 활동했던 설치미술과 프로세스 아트는 '새로운 공간과 과정이 미술 자체가 될 수 있다'라는 새로운 미술적 가치관과 새로운 미술적 언어를 만들어 내서 실험적이고 도전적인 그리고 새로운 작품을 만들어 낸다는 것을 느끼게 해주었다.

그리고 그것은 또 다른 기쁨을 주는 작업이었다. 또한 젊은 예술가로서 예술적 정신을 표현한 행위예술을 시작하고 표현하는 것은 미술 작품이 단지 미적 추구를 넘어서서 사회적 기능과 가치, 권위에 대한 질문을 수없이 할 수 있다는 것, 그리고 여러 사회적인 문제들에 대해 예술가로서 참여할 수 있다는 것이 매력적인 부분이었다.

"모두가 숨을 죽이고

지켜보는 그 순간,

모두들 내가 말없이 정지해 있다고 생각했지만,

나는 이미 새로 창조되어,

세상을 달리고 있었다."

★

외벽에 한 여성의 그림이 그려
져 있고, 아래 벽에는 포스터들이 붙어있다.

거리 곳곳에 빨강, 주황, 초록, 노랑 등 여러 색감과 질감
이 다른 재료들로 만들어진 낙서마저도 예술 작품으로도 보이
는 곳, 그곳이 첼시이다. 첼시는 아트 갤러리와 유명 디자이너
들의 숍, 여러 문화 공간들이 밀집되어 고급예술 문화의 중심
지로 꼽힌다. 첼시보다 먼저 유명해진 소호 거리의 치솟는 임
대료를 피해 이주해온 예술가들은 낡은 창고들이 밀집해 있던
첼시를 아티스트들의 아지트로 삼았는데, 그래서인지 현재 첼
시는 많은 예술가들이 머무는 뉴욕 예술의 중심지가 되었다.
아주 작은 갤러리부터 큰 갤러리까지 예술가를 키우고 기다리

는 곳이 많은 곳이다.

또한 첼시는 전 세계의 미술이 흘러들어와 만나는 장소로, 미술가들 특히 젊은 미술가들에게는 꿈의 무대가 있는 곳이었다. 젊은 예술가들이 모여 함께 꿈을 키워나가던 장소이고, 젊은 예술가들에게는 자유를 누릴 수 있었던 피난처이자 안식처였다. 그리고 전시회를 관람하던 내게도 언젠가는 그곳에서 전시회를 열고픈 꿈의 갤러리가 모인 장소였다.

첼시의 분위기는 예술가에게 있어 그 어떤 곳보다 활기가 넘치는 곳이다. 첼시 거리를 형성하는 블록 안에는 수많은 갤러리들이 밀집되어 있어 갤러리를 찾은 이들도 예술 작품에 둘러싸일 수 있었다. 그도 그럴 것이 한 블록에 수십 개의 화랑이 모여 있는 갤러리 빌딩도 있고, 갤러리 간의 이동 거리가 짧아 여러 장르의 다수의 작품을 경험하고 볼 기회가 많은 곳이었기 때문이다.

첼시는 뉴욕 중에서도 영향력이 큰 아트페어가 자주 열리는 곳이다. 또 메이저 화랑들이 즐비한 이곳에서 내 작품도 걸렸으면 하는 꿈을 꾸던 나에게 첼시는 가슴 뛰게 하는 꿈의 장소였다. 그래서 나는 첼시의 갤러리 탐방을 자주 가곤 하였다. 먼저 뉴욕대학 근처의 비교적 값이 싼 그러면서도 맛이 좋은 음식들로 요깃거리를 한 뒤 그곳으로 향하였다. 미술가에게 있어 다른 작가의 미술 작품을 보러 다니는 것은 그 어떤 일을 하는 것보다 더 즐거운 일이다. 비록 서로의 얼굴조차 모르더라도 다른 예술가의 작품을 마주하는 건 생각을 나누고 자극을 받을 수 있는 계기가 되기 때문이다. 그러다가도 의도적으로 눈을 쉬게 하고 마음을 비우고 내가 표현하고자 하는 것이 무엇인가 하며 내 마음의 소리에 귀를 기울이고 집중한다. 보고, 감고, 볼 것을 보고, 때로 눈을 감고, 그런 작업들을 반복한다.

그러던 어느 날 꿈은 이루어진다는 말처럼, 그 꿈이 이루어졌다. 세계적인 예술사의 중심, 꿈의 장소였던 첼시에서 7인 전의 전시에 참여하게 된 것이다. 2006년 첼시의 '548 아방 갤러리'에서 에이드리안 아다, 조애나 포스터, 광인 브라이언 형, 조 카라마니, 던 페니, 멩 탕 등 6인 작가들과 'The Seven Artists in China'를 타이틀로 함께했다.

행위 예술 초기에는 강렬한 자극을 표현하는 것을 좋아했었는데, 이번에는 반대로 잔잔한 감동을 통해 강한 이미지 대신 공감할 수 있는 감정의 교감을 위한 전시였다.

첼시 548 Avant Gallery에서 열린 퍼포먼스의 주제는 물물교환이었다. 마음과 같은, 돈으로 살 수 없는 무형의 것들을 어떻게 물질로 교환할 수 없을까? 하는 질문으로부터 시작된 퍼포먼스였다. 세계에서 가장 큰 도시 중 하나인 뉴욕에서 물질만능주의 소비문화의 시대, 사랑도 돈으로 살 수 있다는 논리가 통하는 현실을 비판하면서 우리 마음 안에 숨어있는 아

2009년 신당창작아케이드(서울문화재단) 작업실에서 올랭피아 퍼포먼스

날로그 감성을 서로 교환하자는 의도였다. 인간 문명의 발전과 편리함 속으로 사라져가는 것이 단순히 아날로그적인 기술이 아니라 인간의 마음마저도 사라져갈 수 있음을 표현하고 싶었다.

먼저 물물교환은 상자를 통해 이루어졌고, 관람객들과 침묵 중에 상자 교환이 이루어졌다. 모든 것이 빨리빨리 변화하고 기계화되어가는 디지털 세상에서 따뜻한 아날로그 감성을 나누는 것은 마치 손편지를 전하는 것처럼 따스해졌다. '라이브' 퍼포먼스로서는 강렬한 퍼포먼스는 아니었지만, 지금도 잔잔하게 오랫동안 기억되는 퍼포먼스였다.

아날로그는 손으로 만질 수 있는 물리적인 물건을 만들어 소유하는 기쁨을 준다. 책장을 넘길 때의 종이의 질감, 음악을 들을 때 턴테이블의 바늘이 레코드판에 내려가 닿는 그 순간의 기쁨을 우리는 기억하고 살아가지만, 점점 잊고 살아가고 있다.

그렇다고 해서 이 퍼포먼스가 완전히 아날로그적인 것이 정답이라고 말하는 것은 아니었다. 반대로 완전히 디지털적으로만 사는 것도 좋은 것이 아님을 보여주는 퍼포먼스였다. 지금의 삶도 앞으로 살아가야 할 삶도 내면과 외면의 균형을 이루며 살아가길 다짐한다. 또 그러한 삶이 나를 사랑하는 사람들에게 보여주고 싶은 이상적인 삶이다.

꿈을 찾아서 뉴욕에 왔고 많은 시간을 새로운 것을 표현하는데 흥미를 가졌다. 바로 퍼포먼스 중심의 활동을 하면서 기존에 해왔던 순수회화 작품의 발표는 거의 없었다. 물론 단 한 순간도 붓을 놓아 본 적은 없지만, '내 안에서의 균형을 잃은 것이 아닌가' 나 자신에게 묻고 싶었다.

그것은 디지털 콘텐츠에 익숙함에도, 아날로그의 감성을 접한 후 직접 만지고 사용해보는 것에 여전히 열광하는 자신에게 하는 질문과 같다. 미술 작업도 그렇다. 라이브 퍼포먼스와 같은 강렬한 부분은 순간의 기쁨을 주지만, 다시 열광하게 되는 것은 전통적인 기법을 손을 이용하여 오랫동안 작업한 것, 작가의 영혼이 깃든 그런 작품이다.

"첼시는 젊은 예술가들에게

꿈의 장소이다.

첼시의 '548 아방 갤러리'에서

그 꿈을 이루었다.

그리고 내면의 자아를 깨어줌으로써

앞으로 나가야할 길을 알려주었다.

다시 순수회화로 작품 활동을

시작한 것이다."

3 장

예술가의

작업실에서

◂ 모닝스타, 97cm x 97cm, 2018

★

　　　　　　　예술이란 무엇인가에 대해서
미술가와 철학자는 역사를 통틀어 오랜 시간 동안 많은 만남
을 가져왔다. 어떤 것이 미술이 되고 또 철학적으로 식별되기
위해서는 그것을 예술로써 경험하고 규정하는 특정한 관점 혹
은 철학적 사유가 있어야 하기 때문이다.

　　이렇게 보면 미술과 철학은 존재론과 실재론에 대해서 많
은 사유를 하는 분야이기도 하다. 어쩌면 미술과 철학이 만난
다는 것은 예술로 받아들이는 시각 혹은 경험을 가지고 철학
으로 미술 읽기, 그리고 미술로 철학하는 것이 가능해진다는
뜻이며, 미술과 철학이 밀접한 관계라는 것을 보여주는 것일
지 모른다.

그래서 미술가라면 혹은 철학가라면 자신이 찾고 있던 미술의 본질을 철학적으로 사유하는 것이 가능할까 생각해본 적이 있을 것이고, 미술과 철학을 접목하면서 절대적인 '미'가 아닌 '진리' 개념에서 사유하고 있음을 발견한다.

미술 중에서 특히 추상화의 본질은 사물을 완벽하게 '재현'하는 데 있지 않다. 그것은 바로 보이지 않은 세계, 비가시적인 세계의 진리를 찾아내는 작업이다. 철학자는 비가시적인 세계에 있는 존재에 관한 관심을 미술 안에서 찾아보게 되고, 미술가와 철학자는 '예술 작품의 근원'이 무엇인지 회화와 사유를 통해 진리를 찾고자 노력한다.

그런데 우리는 왜 일상적인 사물들에서 볼 수 있는 색과 형태를 군이 미술과 철학의 방식으로 보고 의미를 전달하려고 하는 것일까? 아마도 미술과 철학의 만남으로 작품을 대하는 것은 작품을 대하는 시선과 작품의 비가시적 세계를 바라보는 방법의 문제를 증대시키기 위한 것 아닐까.

미술가인 나는 왜 미술을 하고 있는 것일까를 철학적으로 생각해보면, '나는 생각한다. 고로 존재한다.'로 유명한 데카르트의 시선이 되어 철학적으로 그의 작품을 사유하고 캔버스에 담아내고 있는 것이고 더 나아가 존재론적인 영역을 캔버스에 확대하여 작품에 반영한다.

많은 화가들 – 몬드리안, 칸딘스키, 폴록, 로스코 등 이름만

들어도 '아' 탄성이 나오는 이런 화가들은 회화의 본질에 대해서 더 깊게 사유하고 그것들을 캔버스로 옮겼다. 마치 메를로퐁티나 들뢰즈 그리고 라캉에게서 전해져 온 추상적 형이상학 개념을 회화의 본래 가치를 복원시킴으로써 회화에 새로운 운명을 부여하는 것과 같은 개념이었다.

예술의 가장 기본적인 과정은 대상을 그 대상의 이미지로 대체하는 데 있다고 본다. 철학자들은 미술, 특히 회화를 통해 철학적 사유를 전개하는 동시에 그로부터 사유를 위한 풍부한 영감을 얻고 있다.

'실재에 이르는 또 하나의 길', 그 길에서 미술가와 철학가는 보이는 길과 보이지 않은 길을 작품과 담론으로 펼치면서 실재를 표현하기 위해서 나아간다. 그렇게 해서 미술가가 그리는 작품은 그 자체가 하나의 사유의 대상이 되고, 작품의 담겨져 있는 내재적인 의미가 미술가뿐 아니라 관람자의 해석에 맡겨진다. 또 철학자들 역시 미술이라는 새로운 예술 영역으로 들어와서 끊임없이 자극을 받으면서 현대철학의 과제를 발견하고 응답하려고 애쓰게 된다.

그렇다면 미술가가 행하는 실재가 실재하는 세계라고 확신할 수 있을지 생각해보면, 미술가는 사물을 '있는 그대로'가 아니라 미술가의 '눈에 비치는 대로' 보여줌을 알 수 있다. 따라서 시각이 본질적으로 주관적이라는 사실, 다시 말해 지각

이 신체적으로 결정된다는 사실을 보여준다.

또한, 철학자들의 미술론은 작품에 대한 또 다른 길을 열어 줄 뿐 아니라, 추상적으로만 다가오는 철학적 사유도 미술로서 구체적으로 어떻게 실현되고 표현되는지를 탐구하게 한다. 철학자와의 만남에서 미술가는 스스로 물어왔던 미학적이고 존재론적인 문제에 주목하여 기존의 작업을 바라보며, 추상적 개념을 더 담게 되는 것이다. 실제로 칸딘스키 작품을 보면, 그가 작업한 회화의 내용과 형식 모두를 내면의 정신적 실재에 근거한 정서적 울림의 표현으로 간주하고, 칸딘스키의 추상화 작업에서 비가시적인 실재를 회화로 담겨져 있음을 알 수 있다.

이렇게 철학이 미술과 만남이 가능하고 대화를 할 수 있는 것은 보이지 않는 것, 보고자 하지만 볼 수 없는 것에 대해 어떻게 그것을 볼 수 있는가 끊임없이 사유하기 때문일 것이다.

철학과 미술의 공통점을 찾으면 가시적인 것을 비가시화 하고 동시에 비가시적인 것을 가시화하는 것으로, 이 둘은 서로의 역량에 운명처럼 빠질 수밖에 없는 불가분의 관계를 맺고 있다. 그래서 많은 화가와 철학자들이 서로의 영역 즉 철학과 미술에 운명처럼 빠져들었는지 짐작이 가고도 남는다.

철학과 회화 혹은 미술의 공통점은 추상적인 것을 말하는 것 혹은 그린다는 것이다. 그래서 추상화는 내면 깊은 곳의 구체적이고 복잡한 실체의 부분들을 하나둘씩 명료해지도록 단순한 관념을 캔버스에 옮겨 담고, 그것을 읽어 내려가는 것인지도 모른다. 즉 철학의 추상성에 삶의 구체적인 모습을 개입시키고 사유하고 나서 색을 입히는 것이 바로 미술이라고 할 수 있을 것이다.

나에게도 추상화 작업은 실재를 명료하게 하여 비가시적인 세계를 가시적으로 표현하기 위한 사유의 과정을 캔버스에 옮겨 담는 것이다. 먼저 보이는 것이든, 보이지 않는 것이든 그 모든 것 안에 이미 내재되어 있는 신비를 볼 수 있다면 세상은 어떤 모습일까 하는 질문에서 시작하였다. 그리고 우리가 잊고 사는 만물의 원형이라 할 수 있는 빛의 신비로움을 '원'과 '파동'을 이용해 가시적으로 표현하였다. 이러한 추상화 작업을 통해서 우리 내면에 담겨있는 미지의 영역은 멀리 있는 것이 아니라 우리에게 익숙한 바로 이 세상일 수도 있다는 것을 가시화한 것이다.

또 캔버스에 생각의 실재와 존재론적인 개념을 잡을 때 철학적 사유부터 시작하였다. 나는 내면의 나로 잠식하여 혹은 내면의 나를 사유하고, '나'라는 사람이 '내면으로 사유'하는 것들을 눈으로 표현한다. 또 그것을 실재로 가시화하는 과정을 거치는데, 이 과정이 철학자 라캉의 이론과 유사하다.

이것은 마치 라캉의 이론대로 불가능하거나 존재하지 않을 것 같은 상상계에서 실재와 존재를 사유하는 상징계를 거처 더 크고 깊은 이상이 존재하는 실재계로 들어가는 과정을 거치는 것과 같다. 그렇게 해서 내면의 실재를 만났을 때 진정한 자유를 느끼며 아름답게 날아오를 수 있는 힘을 받는다. 내 안의 실재해 있는 자유 영혼들이 화폭에 담기길 바라며 내면 자신의 목소리를 고요히 듣길 원한다,

그리고 관람객들에게 몸과 마음이 분주한 일상에서 멈추어야 비로소 보이는, 쉽게 볼 수 없는 실재의 세계를 작품을 통해 전하고 싶다.

오늘도 그러한 것들을 보여주고 함께 나누고 싶은 열망에 가득 차서 캔버스 앞에 서 있다.

"미술과 철학은 서로를 바라보며

서로를 필요로 한다.

즉 미술과 철학은 이 둘이 효과적으로

만날 수 있는 방법, 대화가 필요한 분야이다.

그래서 많은 철학자와 미술가들은

내재적인 만남을 시도하고 그 결과를

'철학적 담론'과 '미술 작품'으로

기록한다."

★

작업실, 화실, 팩토리, 공방….

예술가들에게는 저마다 자신만의 공간이 있고, 자신만의 작업실의 이름이 있다.

예술가 특히 화가의 작업실 문을 열면 형형색색의 물감통과 진한 물감 냄새가 제일 먼저 반겨준다. 진한 물감만큼이나 다양한 물감의 종류가 작업대에 놓여 있는데, 그것만으로도 작품 같을 때가 있다. 그만큼 작업대에 놓여 있는 것이 그 작가의 정체성을 확인해준다는 뜻이다.

어떤 작가는 붓으로, 어떤 작가는 흙으로, 또 어떤 작가는 나무로, 또 어떤 작가는 금속으로 등등 각각의 재료들은 작가들에게 동반자가 된다. 이처럼 예술가들은 자신의 분신과도 같은 도구들과 한평생 살아가면서, 제각각의 도구를 매만지면서 행복을 느끼며 작품을 탄생시킨다.

곤지암에 있는 내 작업실 역시 문을 열면 먼저 물감통이 눈에 들어오는 공간이다. 이곳은 자연의 고요함 속에서 농부가 밭을 갈 듯 성실하게 붓질하는 소리만이 가득하기도 하고, 간혹 라희를 따라 놀러 온 동네아이들의 웃음소리가 작업실 너머 마당으로부터 들려오는 평화로운 곳이다. 때로는 커피 향기가, 때로는 아크릴과 유화 물감 냄새가, 또 때로는 재즈 선율이 가득 흘러나오기도 한다.

그림이 주는 기쁨과 자연이 선사하는 기쁨을 '향유' 할 수 있는 것으로 가득 찬 작업실, 작업실이야말로 내게 가장 편안한 장소이다. 무엇보다 화가에게 있어 작업실은 작품의 알파와 오메가, 시작과 끝이 이루어지는 곳이다. 그래서 어떤 의미에서는 전시회에 내걸린 진정한 작품은 바로 이런 무형의 것들일지도 모른다. 작업실에 놓여 있는 수많은 도구들, 캔버스, 물감, 붓들은 작가의 수고와 고심의 흔적을 담고 있기 때문이다.

되돌아보면, 어릴 적 아지트였던 작은 방부터, 중학교, 고등학교의 미술실, 그리고 서울, 뉴욕, 런던의 작업실 등 수많은 작업실을 거쳐 왔다. 그중에서 런던의 2존 New Cross 역 근처에 있었던 골드스미스 런던대학에서 박사과정에 주어지는 작업실을 잊을 수가 없다. 물론 집에도 멋진 작업실이 있었고,

향유를 붓다, 253cm x 191cm, oil on canvas, 2013 (곤지암 작업실, 2018)

서로의 예술 세계에 대해 인정하고 이끌어줄 동반자도 있었지만, 골드스미스의 작업실은 나에게 최고의 공간이었다. 학교에 나만의 독립된 공간이 있었던 것이 좋았고, 혼자서 작업실을 쓸 수 있을 뿐 아니라 흐릿한 날씨가 잦은 런던에서 푸른 잔디와 우거진 나무를 볼 수 있는 '숨' 같은 공간이었고, 또 동반자와 힘들었던 지난날 집을 떠나 잠시나마 내가 마음껏 숨 쉴 수 있는 안식처와 같은 곳이었다.

이와는 반대로 골드스미스 작업실을 벗어나 집으로 돌아가는 길은 물리적으로는 멀진 않았지만, 마음으로는 길게만 느껴지는 길이었다. 그때의 내 모습은 마치 에드워드 호퍼의 작품 배경 속 주인공의 모습처럼 고독한 도시인의 모습을 주로 하고 있었던 것 같다. 에드워드 호퍼는 20세기 추상화가 주류를 이루고 있었을 때 사실주의로 호평을 받았던 화가로, 그의 작품을 보면 호텔 방이나 극장휴게실, 주유소, 술집 등과 같은 미국의 평범한 도시 풍경이 소재로 쓰였다.

그의 작품에는 한 공간에 있지만 단절되어 있는 사람들의 모습이 보인다. 단절된 모습들, 외부와 단절된 시기, 그때는 내면의 나와 보기만 해도 적막과 고독이 느껴지는 작품들 속에서 나의 모습을 보기도 한다. 그래서 더 단순하면서도 사실적인 그의 작품에 마음이 가는 묘한 매력이 있다.

어느 날 골드스미스 대학 도서관에서 책을 보다 에드워드 호퍼의 〈뉴욕의 방, 1932년〉이라는 작품을 다시 보게 되었는데, 같은 방 안에 있지만 신문을 보고 있는 남성과 고개를 돌린 여성의 모습이 아련하게 보였다. 어떠한 대화도, 감정의 교류도 없는 고독한 삭막함이 전해지면서 무표정한 그들의 표정이 더 슬프게 와 닿았다.

한동한 에드워드 호퍼 그림이 머릿속에서 떠나지 않았던 것은 아무래도 쓸쓸해 보이는 그림 속 주인공들의 모습에서 나의 모습을 봤기 때문이다.

같이 있으나 함께 하지 않는 삶, 그것이야말로 외로운 삶일 것이다. 외로운 미국인들의 현실을 사실적으로 묘사한 이 작품은 오늘날에 보아도 공감이 가는데, 오히려 오늘날 현대인들의 모습이 잘 담겨져 있는 듯하다.

사람들은 혼자일 때는 혼자이기 때문에 외롭다는 생각을 하게 된다. 그래서 사람들은 둘이 되기 위해 노력하는 것 같지만 옆에 누군가 있어도 없어도 우리는 늘 외롭다는 것을 뒤늦게 알게 된다.

이럴 때는 인생의 사방이 벽으로 둘러싸여 문을 통해서만 안으로 들어갈 수 있는 바깥이 물리적으로 단절된 공간으로 다가올 때가 있다. 우리만의 공간이라 명명했던 그곳인데도, 또 분명 둘이 있으면서도 각자 자신만의 가치를 추구할 때는 삶의 외로움이 밀려올 수밖에 없다.

어렸을 때는 바람이 차가워지는 겨울밤, 에드워드 호퍼와 함께 고독을 곱씹어보는 것도 꽤나 낭만적인 일이라 생각했지만, 그림 속의 실제 주인공 같은 모습을 닮아갈 때는 한없이 밀려오는 슬픔에 잠겼다. 그즈음에 그런 슬픔에서 벗어나 새로운 작품에 대한 열망을 꿈꾸며 고국으로 잠시 돌아왔고, 그때 찾은 작업실이 바로 신당동에 있는 창작아케이드이다.

신당창작아케이드는 1917년 중앙시장 지하에 만들어진 신당 지하쇼핑센터를 리모델링해 미술가를 위한 예술 공간으로 서울문화재단에서 운영하고 있는 곳이었는데, 그 공간에서 작업을 할 기회가 생겼다. 당시 작업실 문을 열면 진한 물감 냄새로 가득 차 있었고 시장 옆의 활기찬 공기가 작업실까지 밀려 들어와 '삶'의 '활기'를 많이 느낄 수 있는 시기였다.

한동안 작업실에 틀어박혀 그림 작업에 몰두했고, 그리고 다시 그리고를 반복하면서 잊고 있었던 화가로서의 페이스를 다시 찾아갔다. 그림을 그리고 있으면 저절로 호흡이 느려지고, 표정도 편안하게 바뀌게 된다.

조용히 캔버스 위를 들여다보며 사색에 잠기고, '느린 발걸음'으로 작업실 안을 오가며 걸어도 보고, 숨 가쁘게 붓질도 이어나갔다. 작업실에 배어 있는 화가의 고독과 열정이 담긴 작품이 나오기까지 꽤 시간이 흘렀고, 내 모든 것을 쏟아부은 작품, 그리고 모든 것을 고해하듯 토해 낸 작품 '향유를 붓다'를 만나게 되었다. 커다란 캔버스가 우리가 살고있는 세계라면, 내 마음 혹은 우리의 마음 안에 있는 모든 욕망하는 것들 그리고 갈망하는 것들을 그 속에 담아내면서 내면에서의 자유로움을 느꼈다.

사과와 여성, 뇌, 만화 같은 이미지, 검정 동그라미 등으로 욕망을 기호화하여 몽환적인 느낌을 표현한 작품이었는데, 그것을 통해 내면에 있던 모든 것을 쏟아 내는 정화의 시간을 가졌던 특별한 작품이다. 통일감보다는 각각 혼돈을 표현하고 있는 오브제는 젊은 날 내게 내재되어 있던 모든 열정, 그리고 혼란한 시간들을 상징하고, 또 그 시간들이 세상과 단절된 것이 아니라 세상과의 소통을 꿈꾸는 나의 바람이 표현된 작품이다.

그리고 더 나아가서 전시회를 가지면서 '하얀 캔버스'에 즉흥적으로 그림을 그리는 행위 예술도 함께 진행했다. 무지의 캔버스에 자유로운 붓 터치를 하였고, 그 붓 터치에 따라 캔버스가 하나의 작품으로 완성되어 가는 것을 관람객과 공유함으로써 혼자가 아닌 서로 소통하는 작업을 시도하였다. 붓 터치가 하나하나 이루어지면서 서로 스쳐 가듯 관람객과 스쳐 가는 그 시간이 내겐 또 하나의 선물이었다.

"굴곡으로 가득 찼던 그때,

다시 시작하고 싶은 열망이 마음속에 가득 찼을 때,

나는 비로소 무엇인가 잘못된 것을 알았다.

주위의 사람들이

'굴곡 없이 해왔잖아요'라고 묻곤 한다.

하지만 어느 누구의 인생이

평탄하기만 할까?"

올림피아와 가브리엘

: 세상을 바라보는 시선

★

　　　　　　　　예술의 기준에 관해서 묻는다
면, 많은 대답들을 할 것이다. 어떤 이는 '독창적인 창조', 또
어떤 이는 '숭고함의 미학'이라 말할 수 있고, 어떤 이는 그저
'삶의 유희'라 말할 수도 있다. 또 누구나 좋아하는 보편적인
것이 예술의 소재가 되어 광범위하고 무한한 예술의 기준을
더 확장시켜 줄 수도 있다. 이렇게 보면 우리 눈에 보이고 느껴
지는 모든 것들이 예술 작품으로 탄생할 수 있을 것이다.

　　내게도 예술의 기준에 대해서 끊임없이 물어보는데, 화가
로서 '내가 생각하는 예술은 무엇인가'라는 담론 속에서 수많
은 고민을 하고 그것을 표현하기 위해 살아가고 있다.

　　나에게 예술의 영역은 편견이 없는 시선으로 바라보는 모

든 것으로 제약이나 경계가 없는 자유로운 시선을 동반하여 바라보는 것을 뜻한다. 예술을 행하는 주체도, 대상도, 관객도 제한할 수도 없고, 단정 지을 수 없다는 것이다.

일상에서도 내면에서도 찾을 수 있는 무한의 소재들이 존재하며, 그 소재는 드넓은 우주처럼 무한한 것이었다. 예술적 기준은 내 삶에도 영향을 끼쳤다. 즉 내면의 가치와 생각들이 외적인 삶과 일치되기를 갈망하면서 이상적인 세계를 일상 속에 구현하기를 꿈꾸게 되었고, 그것들을 작품으로 구현하기 시작하였다.

그런데 사회적인 편견과 제한으로 낙인찍힌 삶을 살아가야 하는 경우가 있다. 이러한 낙인찍힌 당사자가 부정적으로 변해가는 현상을 낙인 효과 또는 스티그마 효과stigma effect라고 한다. 예술 작품에서도 스티그마 효과를 찾아볼 수 있는데, 그 대표적인 예가 마네의 '올랭피아'이다.

마네의 이 작품은 1863년에 그려진 그림으로 당시에는 천박하다는 평을 받았지만, 현대에 접어들어서는 현대미술의 시작점이라고도 평가되며 커다란 인정을 받는 작품이다.

'올랭피아'는 마네가 그린 유화로 역사나 신화를 그리던 당시 유행하던 사조(아카데미 학파)에서 벗어나 사회 현실 속에 존재하는 여인을 그린 작품이다. 기존의 사조를 뛰어넘어서 새로운 시도를 한 것인데, 당시 프랑스 사회는 이 그림 한 장으로 발칵 뒤집힐 정도였다.

'올랭피아' 주인공이 당시 살롱에 거는 그림에 주로 등장하는 여신이나 님프가 아니라는 점이다. 가장 큰 문제는 현실의 매춘부를 그렸다는 사실이다. 서양미술사에 누드는 많이 나오는데, 그것이 무슨 문제인가 할 수 있지만 그 이면을 보면 누드화의 주인공들 대부분이 여신이나 요정이라는 전제가 있기에 가능한 일로, 어디까지나 비현실의 존재를 그리는 것이 사회적으로 통용되던 시기이다.

하지만 마네가 그린 그림은 당시 사람들이라면 누구나 현실의 매춘부를 그린 거라는 걸 인지할 수 있는 그런 그림이었고, 더욱이 '올랭피아'라는 이름부터가 당시엔 매춘부 이름으로 흔한 이름이었다. 당시 프랑스는 겉보기에는 일상생활, 특히 성적인 것에 대해 엄격한 도덕적 잣대를 들이대었다. 그러나 그 뒤에서 돈 많은 상류층 남자들이 매춘부를 만난다는 것은 공공연한 사실이었다.

결국 마네의 올랭피아 작품을 보면서 불온하다고 손가락질하였는데, 비난하였던 이들 대부분은 그림 속 여인에게 꽃다발을 보내고 붉은 밤을 지새운 바로 자신이었다.

그럼에도 이들의 반발이 얼마나 지나쳤던지 사람들이 몰려들어 주먹질하고 지팡이로 후려칠 정도여서 그림 앞에 경호원을 3명이나 대기시켰고, 작품을 훼손하는 것을 막기 위해 다

올랭피아, Oil on canvas, 2010

른 작품보다 높게 걸었다고 한다. 그럼에도 마네는 이러한 위선적인 사회적 현실을 꼬집어서 그리는 작품을 멈추지 않고, '풀밭위의 점심'이라는 작품도 발표하였다,

현재 마네의 작품의 가치는 산술적으로 따질 수 없을 정도의 작품이다. 당시 그는 감히 누구도 생각하지도 못하고, 또 표현하려 하지 않았던 것을 시도하여 기존의 상류 사회와 또한 기존미술의 권위를 부정하였다.

그의 이러한 도전정신은 미술을 풍부하고 자유로운 표현의 세계로 이끄는 획을 그은 것으로 마네의 '올랭피아' 나 '풀밭 위의 식사'가 당시 사람들을 충격으로 몰아넣었던 사건이었다. 마네는 화가의 관념을 통해 사물의 진실을 드러내지 않고 사물 그대로를 표현하여 진실을 드러내는 방법을 선택한 것이다. 그래서 마네는 기존 사회에 대한 반항의 메시지를 보낸 화가, 또 있는 그대로를 사실적으로 표현하여, 르네상스 이후 이룩해 온 400년 서구 미술의 시선을 바꿔 놓은 것이다.

나 역시도 프랑스의 오르세 미술관에서 마네의 그림을 보는 순간, 화집에서 봤던 때보다 더 큰 힘을 느꼈다. 그의 작품을 바라보는 내 마음으로 들어온 마네의 시선은 세상을 바꾸

풀밭 위의 점심 식사, 194cm x 130cm, oil and stone powder on canvas, 2017

려는 시선보다 세상이 보지 않는 이면까지 아우르며 그것들을 따스하게 보고 있었기 때문이다. 마네의 시선을 따라가 보면 그가 예술가로서 그리고 한 인간으로서 삶을 해석하고 대하는 태도와 시각을 엿볼 수 있었다.

결국 화가의 마음은 캔버스 위에 드러나기 마련이다. 200여 년 전 마네도 그리고 지금의 나도 공통점이 있다면 캔버스에 담긴 각자의 시선이다. 세상을 옮겨놓은 듯, 무지의 하얀 캔버스 위는 예술가들의 시선을 담은 세상이 펼쳐진다.

마네의 올랭피아를 보면서, 나는 마네의 따스한 시선에 대해 계속 생각하게 되었고, 그 시선을 담아 나만의 작품을 그리게 되었다. 마네의 '올랭피아'를 오마쥬한 '올랭피아'에서는 마네의 올랭피아와 같이 사회적으로 낮은 계층으로 분류되었던 창녀를 주인공으로 보여주었는데, 내가 그린 그림 속 올랭피아는 정해진 특정 계층이 아니라, 우리 모두의 모습을 담고 은 것이다.

내가 그린 '올랭피아'의 붉은 머리를 한 여인 옆에는 그녀를 따뜻하게 비춰 줄 램프가 있고, 또 붉고 노란 바탕을 관통하는 새하얀 햇살이 그녀를 감싸 안아주도록 했다. 또 '풀밭 위의 식사' 역시 컬러풀한 별과 원으로 그림 속 주인공들을 감쌌다. 이 작품의 주인공 역시 특정 인물이 아니라 내가 될 수도 있고, 바로 당신이 될 수도 있는 것이었다.

나는 당시 이 작품뿐만 아니라 다른 작품들에서도 빛, 원을 통해 세상의 소외되고 터부시된 아름다움과 온갖 선입견으로 지쳐 있는 모습을 담아오고 있었다. 그래서 올랭피아, 가브리엘, 욕망의 스펙트럼 등 여러 작품에 시대와 문화를 가로지르는 다양한 오브제와 사물을 직설적으로 표현하였고, 때로는 과감하고 다채로운 그리고 개성 있는 색감과 다양한 이미지로 캔버스를 가득 채움으로써 관람객의 상상력을 자극했다.

이러한 작품 표현은 젊은 예술가였던 내가 할 수 있는 또 하나의 시도이자, 도전이었다. 그것은 우리 마음 안에 내재한 인간의 단면들과 욕망을 조롱하거나 가시화하여 비웃는 것이 아니라, 누구나 그러한 모습이 존재하며 그 욕망이 어떤 것인지, 어떤 욕망으로 해석하고 있는지, 멈춰서 바라보는 시간을 주고 싶었다. 욕망을 품고 있는 것이 잘못된 것이 아님을 따뜻하게 어루만져 주고 싶은 마음이었다.

"인간의 삶을

보다 구체적으로 고양시키는 미술,

보다 아름답고 살기 좋은 세상으로 가기 위한

미술의 역할과 힘은 우리가 생각하는 것보다

더 크고 더 강하다.

사회의 여러 편견들을 따스하게 바꿀 수 있는

시선을 가진 미술의 위대한 힘은

내 젊은 날의 열정을 샘솟게 하는

원동력이었다."

따뜻한 혁명

★

푸른 눈의 잔느,

모딜리아니는 푸른 눈을 가진 잔느의 초상화를 계속해서 그렸다. 모딜리아니가 그린 잔느의 초상화를 보면, 우는 것 같기도, 무표정해 보이기도 한다. 그림 속 그녀는 감정적으로 세상 모든 것에 대해서 초연해 보이는 얼굴 같기도 하고, 반대로 부서질 것만 같이 연약한 모습이다.

그래서 한때는 한참을 봐도 잔느의 마음을 읽을 수 없었다. 그때는 생각을 읽을 수 없는 상태, 그런 마음의 상태가 내게 올 것이라는 생각을 해 본 적이 없었기 때문이다. 그런데 그런 눈빛은 나의 올랭피아 작품에서 나타난다.

따스한 손길을 나누고 정겨운 눈동자가 같은 곳을 바라보신 행복한 부모님을 보면서 그러한 평범한 삶을 그리며 살아 왔다. 그리고 나 역시 누군가를 만났고, 그것으로 충분히 행복 할 것이라고 믿었는데 미래 예측은 자꾸 빗나간다. 그때는 나 에게 생긴 모든 문제를 책임지고 살아가야 한다는 삶의 무게 에 짓눌려 있었다.

삶의 무게로 무척 지친 어느 날 밤, 거울 속에 비친 내 모습 을 물끄러미 바라보는데, 아무 표정도 짓지 않은 무표정의 모 습이었다. 반대편 베란다 창문 너머로 보이는 강가, 헝클어진 머리를 틀어 올리고 침대에 앉아 바라본 창문 너머로 펼쳐진 풍광은, 흐린 날씨임에도 나와는 전혀 반대의 모습으로 평온 을 넘어서 화려한 빛을 자아내고 있는 순간이었다. 비오는 창 문 밖 흐려진 거리풍경을 바라보며 거울 속 나의 모습을 다시 바라보니, 눈과 턱에는 황량한 기운이 배어 있고 가느다란 손 목이 내 마음을 보여주는 듯 했다.

처음 시작할 때의 마음은 하나가 아니라 둘이 되어 살면 더 행복할 것으로 생각했었다. 미래를 꿈꾸며, 미래를 만들어 나 갈 행복에 부풀어 있었지만 현실의 하루하루는 달랐다, 둘이 만들어가는 현재의 삶보다는 둘이 만들어갈 미래의 삶에 더 마음이 기울어 있었다. 그때 나는 지금 이 순간이 가장 행복하 다는 것, 그리고 행복해야 함을 자주 잊었던 것 같다,

인생에 있어서 결혼을 또 다른 삶을 살게 되는 제2의 인생

이라는 말을 한다. 혼자로 사는 삶에서 둘의 삶으로, 그리고 멋진 예술가와의 만남을 기뻐하며 맞았던 제2의 인생이었고, 평화, 안정, 기쁨, 환희 등에 대한 바람들을 간절히 바란 순간들이었다. 그리고 그것들을 갈망하며, 미래를 꿈꾸었다. 그러나 성숙하지 않은 만남은 삶을 단절하는 힘을 가지고 있었다. 그것은 소통의 부재와 대화의 단절 그리고 고독으로 이끌어갔다.

살아가면서 바라는 것, 그것은 삶을 이끌어주는 원동력이다. 예술가에서 있어 표현의 힘은 끊임없는 사유와 일상생활의 경험에서 나온다. 예술가로서 소망을 가지고 살아가고, 그것이 이루어질 때는 언제인가? 그것은 작품을 통해서이다. 작품을 통해서 생명력과 존재감을 느끼게 된다. 때로는 그림 작업을 하면서 절망 하거나 좌절을 맛보게 되지만, 그림 안에서의 좌절과 절망은 빠져나올 수 있는 터널이며 그 끝에서는 웃음 지을 수 있다. 늘 그랬듯….

그런데 그 절망과 좌절이 삶에서 일어날 때, 그것을 대처하는 방법은 쉽지가 않았다. 그때의 나에게는 어떤 바람들이 있었던 것일까? 더 행복해지기 위해서 함께한 삶을 꿈꾸었고, 미래의 푸른 밤을 상상했다. 그러나 이러한 바람을 품을수록, 가고자 하는 길의 반대로 흘러가고 있었고, 고달픈 인생의 허우적 대는 순간이 종종 느껴지기도 했다.

예술가의 고독은 작품 활동을 하는 데는 낭만일지 모르지

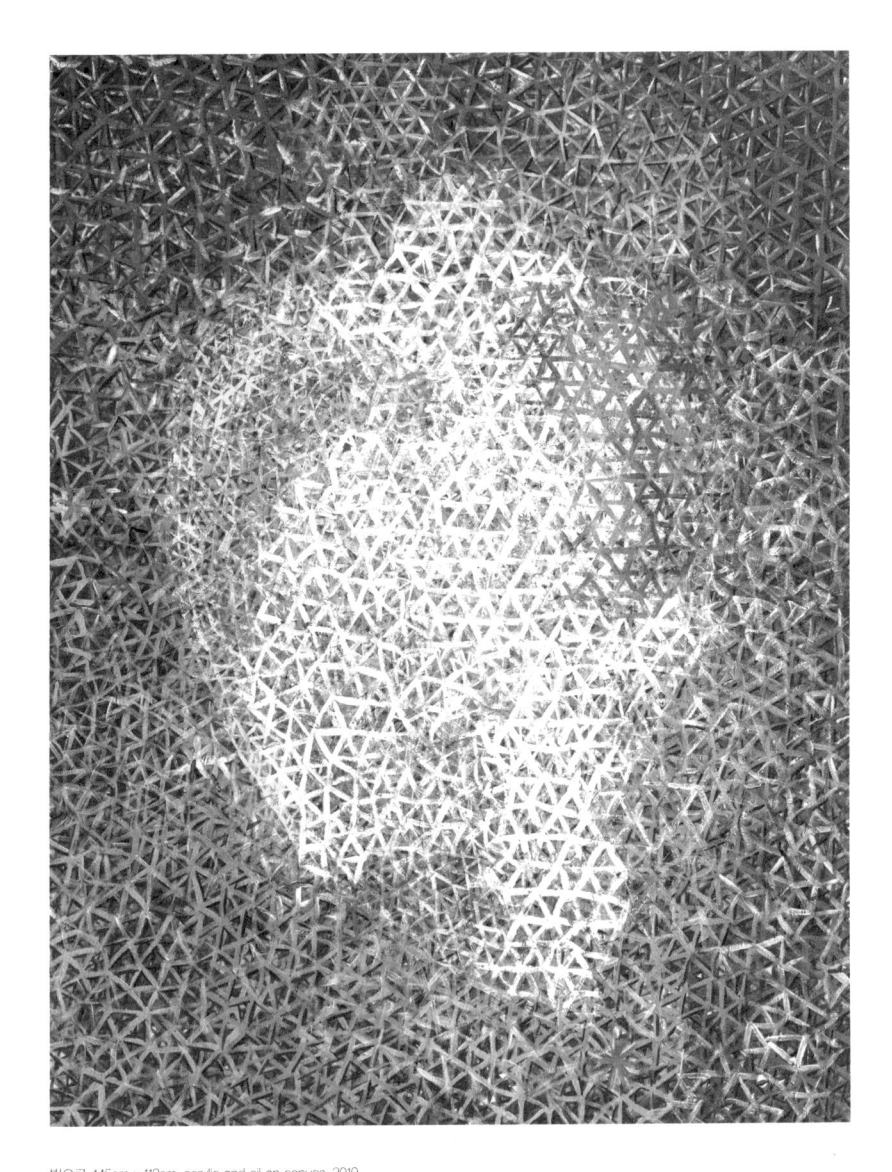

빛으로, 145cm x 112cm, acrylic and oil on canvas, 2019

만 삶으로 감당해야 하는 현실의 무게는 결코 가볍지 않았다. 한동안 잔느의 공허한 눈을 잊을 수가 없었다. 만남 그리고 그 안에서 계획에 없던 것들의 등장에 대한 당혹감과 뒤이어 정적을 깨트린 일들의 연속이었다. 과거를 추억하면 예술가들의 씁쓸한 인생에 낭만이라는 물감으로 아름답게 만든 순간일지도 모른다. 그럼에도 나는 지금 이렇게 말할 수 있다.

사람과의 관계에서 마음을 움직이는 힘은 무엇일까? 서로에게 향하는 마음은 어디에서 오는 것일까? 질문이 그치지 않았다. 그러나 이 슬픔이 절망이 되고 싶지 않았고, 이 비관적인 상황에서 다시 희망을 보고 싶었다. 우리가 갈망해야 할 것을 다시금 바라보고 싶었다. 어둠이 깊게 깔린 밤일지라도.

나도 모르게 한숨이 나왔다. 바쁘고 고단한 일상에서 기댈 곳도 없이 살아가는 슬픈 존재처럼, 내가 소리 낼 수 있는 것은 한숨이 전부였다. 그러나 나를 포함한 대부분의 사람들은 힘들어하면서도 삶을 포기하지는 않는다. 아마도 '언젠가는 좀 더 나아지겠지'라는 한 줄기 희망을 품고 살아가 는 것, 그것이 바로 삶 아닐까 느끼며, 한 아이의 엄마로서 살아가는 삶을 꿈꾸었다. 그리고 기도로 전해진 나의 간절한 소망이 이루어졌다.

그리고 나의 아기, 라희가 태어나기까지 그 시간은 견디기 힘든 현재의 삶에 나의 가장 큰 힘이었으며, 미래에 갇힌 채 일어나지 못할 것 같은 내 삶에 다시 일어설 힘을 주었다. 지금도 역시 그렇지만.

'나는 엄마처럼 될 거야.'

라희가 자주 하는 이 말은 내게 힘이되곤 한다. 그림을 그릴 때도, 일상생활을 살아갈 때도, 현재도, 과거를 돌이켜 생각해봐도 엄마가 되는 일은 힘든 일이긴 하지만, 한 생명을 탄생시키는 경이로운 시간이고 신이 축복해준 기쁨의 시간이기 때문이다.

그래서 나는 라희에게 자장가를 들려주면서 '우리 딸 없으면 어쩔 뻔했을까'라는 말을 속삭이곤 한다. 그런 마음이 스르륵 들어오면 내 인생의 가장 큰 보물을 주신 주님께 감사의 기도를 드린다.

여자에게 엄마가 된다는 것은 하나의 우주를 얻는 것과 같다는 말처럼, 내게는 역사를 뒤흔들 혁명과 같은 것이었다. 따뜻한 혁명 같은…. 실제로 마음가짐에 있어 많은 변화가 있었다.

내 인생에 일어날 것이라고 상상도 못 했던 일이 일어난 것은 이 세상에서 라희를 만난 것이다. 그것은 무너질 것 같은 내 인생에서 최선을 다하도록 그리고 예술가로서 다시 서게 해준 감사의 시간이었다. 그래서 나는 당당하게 여자에게 있어 '엄마'가 되는 것은 세상에서 경험할 수 있는 가장 놀라운 일 중 하나라고 말할 수 있게 되었다.

그것은 주님이 내게 준 가장 큰 축복일 것이다. 존재 자체로 기쁨을 주는 한 생명을 만났고, 그리고 나는 용기를 얻었다. 사람과의 작별에 익숙하지 않은 내게 때로는 이별과 헤어짐이 그를 위한 또 나를 위한 최선의 길임을 느꼈다. 나도 그도 최선을 다했기에.

"어딘가에서 행복했으면,

하는 바람을 품고

그를 위해서

혹은 그녀를 위해서

기도 할 수 있는 만남이었다면,

그것으로도 충분히

아름다운 만남이었을 지도

모른다."

⭐

어린 시절 아버지는 자주 이야기를 들려주셨다. 그중에서 가장 좋아하고 집중해서 들은 것은 옛이야기와 옛시조였는데, 이것들은 주로 우리 집안과 관련된 것이었다. 나는 그 이야기들을 들을 때마다 이야기에 흠뻑 빠지곤 했었다. 그중에서도 아버지께서는 우리 조상이라고 자랑스러워하시면서 성삼문의 시조를 자주 읊어주셨는데, 그의 작품 중에서 나는 '백일홍'이라는 시조를 무척 좋아했었다.

지난 저녁 꽃 한 송이 떨어지고昨夕一花衰

오늘 아침에 한 송이 피어서今朝一花開

서로 일백일을 바라보니相看一百日

너를 대하여 좋게 한잔하리라對爾好銜盃

_성삼문의 백일홍라타회

성삼문이 아꼈다고 알려진 백일홍 나무는 우리말로는 배롱나무라는 이름을 가지고 있다. 지금은 백일홍이 흔한 나무이지만, 조선 시대까지만 해도 아주 귀한 나무 대접을 받은 귀목이었다. 백일홍은 이 나무의 붉은 꽃이 백일 동안 피기 때문에 붙여진 이름이다. 성삼문의 시조에서 알 수 있듯 성삼문의 백일홍, 배롱나무와 백일 동안 마주할 수 있었던 것은 이 나무의 꽃이 백일동안 붉었기 때문이다. 성삼문에게 있어 배롱나무의 붉은 꽃은 단종을 향한 충성, 곧 일편단심을 뜻한다.

그리고 아버지께서는 이 시조를 붓글씨로 적어서 내게 주신 적이 있었는데, 그때 나는 성삼문의 일편단심을 생각하다가, 나에게 있어서 일편단심이 있다면 무엇일까 생각해본 적이 있었다. 그것은 고민할 필요 없이 '그림'이다. 단 한 번도 그림을 그만두어야겠다는 생각을 해본 적이 없었고, 오히려 내 인생에 있어서 가장 힘든 시기에는 나를 지탱해주는 친구가 되어 주었다.

아버지가 내게 시조를 읊어주셨던 것처럼, 라희에게 동화책을 읽어주곤 하는데, 그중에서 모리스 센닥이라는 작가의 작품을 참 좋아하게 되었다. 그의 작품 중에서 특히 "깊은 밤

부엌에서"는 작품을 읽어주다가, 나도 모르게 뭉클한 적이 있었다. 이 동화책은 한밤중 쿵, 쾅쾅, 털썩 요란한 소리에 잠에서 깨어나면서 이야기가 펼쳐지는데, 사람들이 아침마다 맛있는 빵을 먹을 수 있는 것은 누군가 밤새 열심히 일하고 수고한 덕분이라는 따뜻한 이야기가 담겨있었다.

그런데 나는 왜 심장까지 아플 정도로 뭉클했을까?

그것은 물리적인 캄캄한 밤이 아니라, 내면의 캄캄한 밤을 느꼈기 때문일 것이다. 지금의 밝은 에너지를 낼 수 있는 것은 칠흑 같은 어두운 밤이 있었기 때문이며, 나는 그 누구보다도 깊은 밤이 어떤 의미인지 알기에 그랬을 것이다.

어쩌면 동화작가 모리스 센닥 역시 자신의 작품을 기다리는 세계의 아이들에게 새로운 이야기를 내놓기까지 깊은 밤 홀로이 앉아 수많은 작업을 했기에 그 작품이 나왔을지도 모른다. 화가로서 수많은 밤을 지새운 깊은 밤을 공감하던 나 역시 깊은 밤이라는 제목에 마음이 움직였던 것이다.

화가에게 있어 가장 중요한 요소는 진실과 고독을 즐길 수 있는 것이라는 말을 들은 적이 있다. 또 그것이야말로 화가에게 꼭 필요한 자질이라고 말하는 이도 있었다. 예술 특히 미술을 하는 이들은 안락과 편안함보다 고뇌와 고통 그리고 고독 속에서 자양분을 얻을 때가 많다는 것을 알기에 그런 말을 했을 것이다.

나는 그런 화가에게 필요한 것들에 대하여 깊은 밤이라는 표현을 쓰고 싶다. 그 시절 깊고 깊은 밤, 어둠 속에 갇혀 있는 듯 발걸음은 갈 곳을 잃었다. 그림으로도 표현할 수 없을 아픔이 마음 깊숙이 파고들어 슬픔이 될 뿐이었다.

어두운 밤, 내가 할 수 있는 것은
'지금의 아픈 상처는 언젠가 다시 희망으로 돌아오기를…'
그분께 기도드리는 일이었다.

깊은 밤 홀로이 앉아 외로이 그림에 그 모든 마음을 담는다. 그림의 출발점은 언제나 '나'에서 시작하면서, 자신의 외로움을 정면에서 응시한 사람만이 구사할 수 있는 '절절한 마음'들이 그림 곳곳에서 나온다.

그러나 고독의 동굴 같은 어둠에만 갇혀 있었다면 나는 더 이상 그림을 그리지 못했을 지도 모른다. 다행히도 자신을 가두고 있던 고독의 실체를 서서히 객관화할 수 있는 것, 그림이 있었다. 그리고 그림에 대한 깊은 담론을 시작할 때로 돌아갔다.

'그림은 나에게 어떤 의미일까?'

그림이 무엇인지, 어떻게 그려야 하는지 원론적인 무거운 질문보다는 '그림이 내게 어떤 의미일까' 하고 자문해 본다. 풍경화 속 길처럼 끝이 보이지 않는 길 한 가운데 서 있다. 그리고 이내 영화 속 장면처럼 나는 끊임없이 길을 향해 가고 있다. 마치 영화 화면이 끝나도 또 다른 화면으로 이어지는 길처럼 화면 속에서 길은 끝나지 않는다. 반복되는 풍경 속 길가에는 가득 찬 풍경도 있고, 텅 빈 거리도 있고, 황량한 사막 같은 곳도 있다. 그 길은 끊이지 않은 채 계속해서 이어진다.

그 길을 가는 여정은 푸른색으로 가득한 화면 속에서 잠시 일시 정지를 하기도 하고 어둠이 내리는 밤하늘 아래 홀로이 앉아 있기도 하다. 그러다 보면 나는 어느새 웃고 있을 것만 같다. 우리 삶처럼 계속 이어질 것이라 기대하게 만드는 길처럼. 그림은 내게 끝이 없는 계속 가야 하는 길, 가고 싶은 길, 갈 수 있는 길이었다.

작업실에 앉아 그림을 그리는 저녁, 캄캄한 밤이 막 내리기 시작한 순간, 고독도 고통도 고뇌도 사라지고 평온함을 느낀다. 어쩌면 특별한 감정이나 대상을 쫓는 것이 아니라 일상 속에서 살아가는 것, 그 안에서 만나는 것, 일상 속에서 맞닥뜨리는 것들이 내 안으로 들어오면서, 숨을 쉬듯 자연스레 그림이 되는 것이 아닐까 하는 생각이 들었다.

바로 그렇기에 작가는 일상 속에서 멈추지 않고 끈질긴 애정으로 계속해서 작업 해나가는 것이 아닐까? 일상이 반복되듯 반복되며 그려진 대상 하나하나의 특별함이 캔버스 밖으로 확장되고 또다시 일상 속에서 이어져간다. 끊이지 않고, 계속해서 이어지는 우리의 삶처럼.

깊은 밤 홀로이 앉아 가끔은 안개 낀 듯 흐릿하고 답답한 마음과 조우하지만 숨 한번 내쉬고 다시 길을 찾아 걷는다. 그렇게 걷다 보면 깊은 밤에도 나에게 빛이 비추고 있었음을 알게 될 것이다. 이것이 화가의 인생, 아니 우리 모두의 인생이지 않을까?

"묵묵히

작업을 이어가는 화가의 삶 속 풍경,

퍼포먼스가 보여주는 시각적인 효과와는

거리가 멀다.

하지만 화가가 작품 앞에서

담담히 삶을 지키며

그림을 그려나가는 바로 그때가

가장 행복한 순간이며,

깨달음의 찰나일지도 모른다.

깊은 밤이란 그렇게 외로운 것이

아님을…."

4
장

빛을

시작으로

• 빛으로, 117cm x 91cm, acrylic and oil on canvas, 2019

홀로이, 혼자, 우두커니.

아무도 없는 작업실에서 고요함과 어둑한 밤사이에 앉아 밤을 지새울 때가 있다. 이 세상에 홀로 있는 것처럼 쓸쓸하게 했던 어둠은 그 역할이 있다. 어둠의 역할은 다가오는 여명의 빛이 올 것임을 알려주는 희망의 시간이라는 것을.

누구나 맨 처음 맞닥뜨린 어둠 속 고통은 실체를 헤아릴 수 없기에 두려움을 더 크게 느낄 수밖에 없다. 그러나 눈을 똑바로 뜨고 직시하고 있으면, 어둠 속에서 차츰 빛의 본질이 드러나기 마련이다.

어둠이 깊어지면서 고독과 쓸쓸함, 그리고 외로움에 둘러싸여 있어야 했지만, 그것은 곧 빛이 시작될 것임을 알리는 준

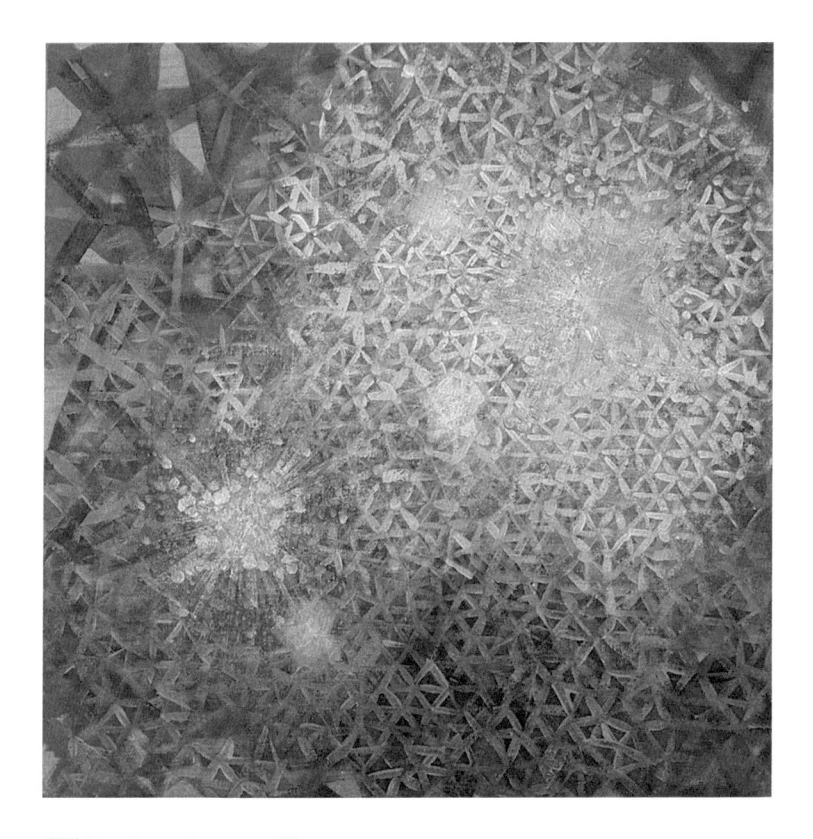

북극성, 61cm x 61cm, acrylic on canvas, 2018

비의 시간임을 오래지 않아 알게 된다. 한 손에는 붓을 들고 다른 한 손에는 절망과 고통을 움켜쥔 채 어둠의 시간들을 걸어가고 있었다. 어둠 속에서 점점 커지는 동공의 크기처럼 마음 깊숙한 곳 저 아래에 있는 심연에서 전해져오는 침착하고 고요한 무엇인가가 점점 선명해졌다. 그림 속에서부터 느껴지는 고요한 정적이 깨지고, 한 줄기 희망이 다가왔다.

우리 눈에 보이는 빛이 아니라, 마음 안에서 일어난 내면의 빛이다. 사실 그것이 빛이었음을 시간이 흐른 뒤에 알게 되었다. 밀실 안에 갇혀 있던 마음에 불빛이 비춰지는 것처럼 화가의 영혼에서 간절하게 나온 그 빛은 내면의 어둠을 끊어낸다.

나에게 회화에서의 빛은 단순히 우리 주변을 밝혀주는 물리적인 역할을 하는 것이 아니라, 그림의 방향과 가치 등을 조절해주는 절대자의 존재와 같다. 빛의 위치와 세기, 양에 따라서 그리고자 하는 대상의 색과 모양, 느낌이 달라진다. 그래서 화가들에게 빛이란, 빛 자체를 탐구하는 것으로, 중요하면서도 어려운 존재, 탐구의 존재다.

이렇게 시작된 빛은 마치 잔잔한 빗줄기처럼 마음 안에 직접 떨어져 원형을 만들며 떨어지고 온 마음으로 스며든다. 마음 사이에서 화폭 전체를 감도는 '빛'은 물질성을 넘어 영혼의 상태에 이르게 된다.

빛을 느끼며, 빈 캔버스 앞에 오랫동안 앉아 있었다. 마음

속에 파동이 일어났고, 그 파동은 모난 것들을 동그랗게 만들어 밝은 에너지를 만들어 내는 'starlit night'이 탄생했다.

'starlit night'에 표현된 빛은 '파동'에 휩싸이듯 '원'을 따라 움직이며 내면의 깊이로 향한다. 그리고 보이지 않는 세상을 향해 여정을 떠나게 된다.

보이지 않는 세상, 심연의 끝에 도착한 그 순간의 모습을 그린 것이 '빛의 발아'였고, 그것을 시작으로 해서 'starlit night' 시리즈가 이어져 갔다.

우리 내면을 비추고 있는 빛의 신비를 볼 수 있다면 그런 모습이 아닐까 하면서 시작된 작품들이다.

그렇게 해서 캔버스에는 반사된 빛이 표현되고, 영혼을 환기시키는 빛은 신비스러운 마음으로 다가온다. 빛 한 줄기가 퍼지면서 온 사방이 환해지듯 캔버스 위를 내달리는 붓의 움직임이 빛줄기를 만들어가며 사방을 환하게 채운다.

'빛'은 처음이자 끝이며, 하나님의 선물이다.

이제 그림에서 빛은 형태를 넘어선 절대자의 손길이 느껴지고 정적감에 쌓여 있으면서도, 다정다감한 따뜻함을 전해준다. 빛은 만물의 시작이요 끝이며 빛 자체로 오신 그분의 선물이었다. 그래서 온몸과 마음에 빛으로 스며드는 그분의 사랑은 부드럽고 힘 있는 사랑의 메시지로 다가와 어마어마한 용기를 불어넣어 준다.

빛은 현실로 드러나는 모습을 넘어서서 절대자 또는 빛 원형으로 이루어진 가상공간에 관객을 초대한다. 성경에서 혼돈과 암흑에서 출발한 신의 창조 작업은 '빛이 생겨라'라는 말씀으로 시작되었고, 말씀으로 창조된 빛에 또 다른 생명력을 불어넣듯 색을 칠하여 캔버스에 담아냈다. 때로는 쉼 없이 달리듯, 쉬지 않고 작업에 매진하기도 하고, 또 때로는 빈 캔버스 안을 오래 들여다보다, 한순간에 단박에 그려내기도 했다.

이렇게 해서 탄생한 것들이 'color light', '1ˢᵗ day', 'morning star', 'and light', 'starlit night', 'stardust' 등이다. 점점 빛으로 집중되면서 '빛'과 직접적으로 연관된 주제들이 세상 밖으로 나와 작품이 되었다.

모든 사물의 원형이라 할 수 있는 빛으로 온 내 그림의 소재는, 특별한 것을 다루는 것이 아니라, 내면에서 삶의 힘으로 작용하면서, 깊은 곳에서 나를 비추고 있던 보이지 않은 힘을 화폭에 담는 작업 과정이었다.

이렇게 일상 속에서 눈치채지 못했거나 그냥 지나치곤 했던 마음들을 그려냄으로써, 일상 속에서 쉽게 지나가거나 느끼지 못했던 것들을 그림을 통해 보여주는 것이 또 하나의 기쁨이 되었다. 그것은 화가로서 존재하는 이유가 되었고, 내가 받아온 그분, 절대자에 대한 경외심의 발원지가 되었다.

하나님이 이르시되 빛이 있으라 하시니 빛이 있었다.
_창세기 1, 3

조물주가 빛을 창조한 것을 시작으로 모든 생명은 빛으로부터 탄생 되었다. 빛은 생명과 불가분의 관계이며, 우리 삶은 빛 없이는 살 수 없다. 빛 속에서의 생명은 영원한 안식과 평온을 보장받았다.

우리 삶 하나하나가 빛과 연관되어 있으며, 빛은 우리들 한가운데 있다. 특히 가장 힘든 순간에 우리는 의식적이든 의식적이지 않던 빛을 추구하며 간절한 마음으로 희망의 빛을 그려나간다. 그리고 힘든 고난을 무사히 넘은 사람은 가장 빛난다. 그리고 내 작품에서도 빛은 그렇게 시작되었다.

"빛 한 줄기,

그 빛의 시작은 바로 하나님이었다.

그분의 위로를 받는 순간,

나는 다시 붓을 들고,

어린아이처럼

그림을 그려나갔다."

별
의
탄
생

★

영국을 떠나 여행하듯 지내던
일상생활을 정리하고 이곳으로 들어와 작업을 할 수 있었던
것은 큰 행운이었다. 자연 속으로 돌아가는 것이고, '나'란 존
재 그리고 '우리'라는 존재를 세상에 내놓으신 신의 숨결을 더
가까이 느낄 수 있는 귀한 곳에 들어왔기 때문이다. 그리고 하
나 더, 그동안 내가 만났고 사랑했던 사람들과의 추억을 생각
하며 미소 지을 수 있는 여유조차 없던 내게, 그 여유로움이 허
락되었기 때문이다.

매일 매일 보는 밤하늘이었지만 항상 같지는 않다. 장소에
따라 다를 수밖에 없는 것이다. 특히 밤하늘의 별은 더욱 그러
하다. 이곳 곤지암에서 보는 밤하늘은 고요함 속에서 기쁨과

평안함을 동시에 느낄 수 있는 특별한 하늘이다. 밤이 되면 인적이 드문 이곳에서 무섭지 않냐는 질문도 자주 듣곤 하지만, 그때마다 밤하늘의 맑은 공기와 별빛은 무서움을 덮는 신비로움을 주기에 그것을 느낄 겨를이 없었다고 말하곤 한다.

수많은 예술가들의 새로운 시도와 발견은 자신의 작품 가운데 하나의 모티브로 발현된다. 그러한 모티브들은 어디에서 탄생할까 생각해본 적이 있다. 그들의 예술적 영감의 대부분은 특별한 곳이 아니라, 소소하게 그냥 지나칠 수 있는 일상의 소재에서 영감을 얻을 때가 많다.

주로 그냥 지나칠 수 있는 곳에서 의미 부여되지 못한 사소한 것에 관해서도 의미를 창조하며, 무질서한 혼돈 속에서 조화로운 패턴을 발견하고, 그것들 사이의 연관성을 찾는다. 그리고 그것들을 캔버스에 풀어낼 수 있는지 가늠해본다.

모티브를 대하는 예술가들의 마음을 지탱해주는 가장 큰 힘은 간절한 마음일 것이다. 이 마음은 캔버스에 스케치하게 하는 마음, 그림으로 옮기고 싶은 마음, 흔들리는 마음을 지탱해주는 힘이 된다. 마음 깊은 곳으로 스며든 빛은 나를 지탱해주었고, 작품을 하는 데 있어 가장 큰 에너지가 되었다.

밤하늘의 별을 관찰하면서 느낀 것은 매일같이 변화하는 별자리가 때로는 황홀할 정도로 아름답게 느껴진다는 것이다. 그것을 보고 있노라면, 밤하늘 어딘가에 우리 각자를 보호해

주는 별이 있을 것만 같다.

마치 어린왕자가 사는 별이 있듯 우리를 지켜주는 별의 시작이 어딘가 있을 것만 같다. 밤하늘에 수없이 떠 있는 별들에 얽힌 많은 사연과 그 별들을 함께 보았던 사람들, 그리고 그 별을 보았던 특별한 장소로 인해 우리는 우리만의 별을 가지고 있는 것이 아닐까 생각된다.

신이 허락해주신 우리만의 별, 그 안에 시간 속에 지나갔던 수많은 우리 각자의 모습이 있고, 그 모습이 태워져서 지금의 '나' 그리고 '우리'가 현재에 빛나고 있는 것은 아닐까.

그런데 밤하늘의 무수한 별 중에서 나만의 별 하나를 발견한다는 건 정말 쉽지 않은 일이다. 먼저 밤하늘의 별을 사랑하지 않고서는 결코 경험할 수 없는 일이다.

별의 메시지를 만나기 전, 처음의 무질서한 혼돈 속에서 조화로운 패턴을 발견하고, 그것들 사이의 연관성을 찾아냈고, 그것들을 캔버스에 풀어낼 수 있는지 수없이 가늠해보았다. 그렇게 생각한 후에 하나의 모티브를 만나게 되었고, 내 작품의 근원은 빛이며, 그 빛을 흐르게 하는 빛의 원형이 별로 탄생하였다. 그렇게 해서 탄생한 별이 내 작품의 시그니처가 되어, 별 작가가 된 것이다

가끔은 외딴 섬에 홀로 떨어진 듯한 이곳에서 나는 지금껏 행복할 수 있었고, 오래도록 기억될 작품들을 그려나갔다. 그

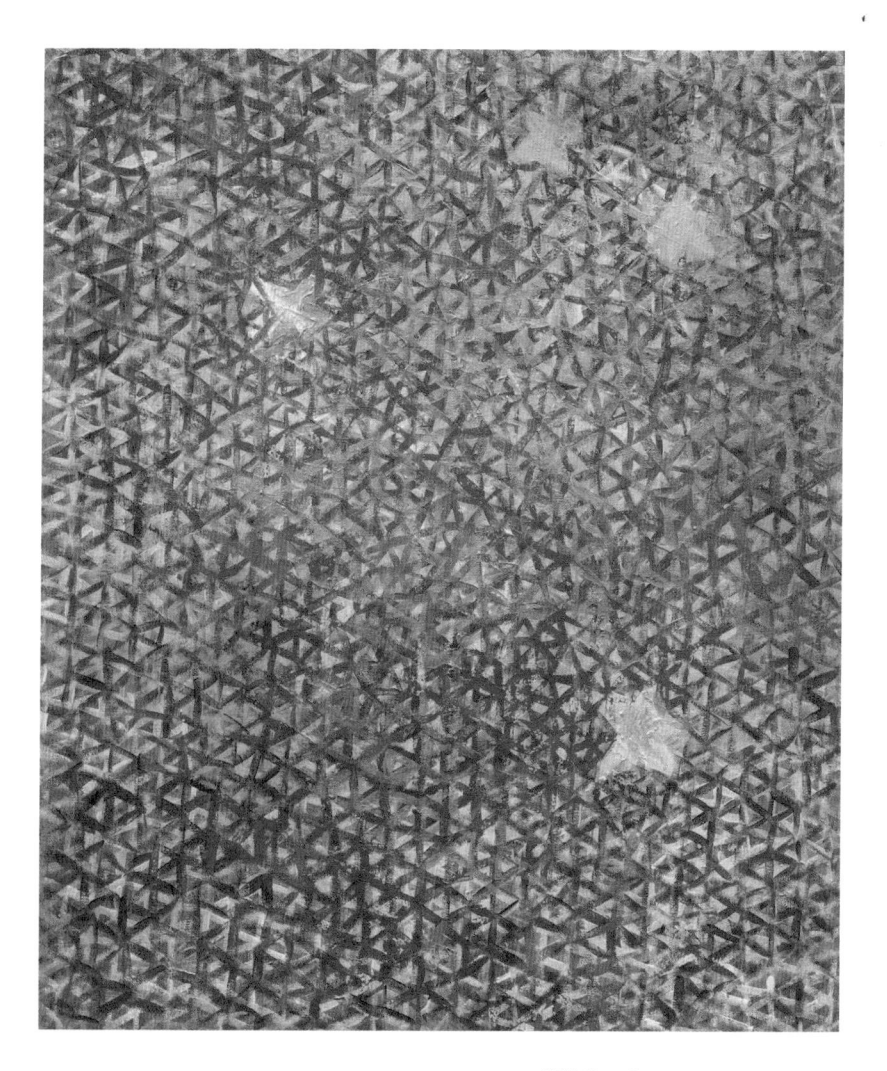

북극성, 73cm x 61cm, acrylic and oil on canvas, 2019

리고 나의 영혼의 반쪽 같은 존재이며 가장 좋은 친구인, 딸 라희와 함께하는 이곳의 생활은 하루하루가 선물 같을 때가 많다. 라희와 수많은 대화를 하면서 느낀 것은 내가 라희를 키우고 있는 것이 아니라, 라희가 나를 자라게 하는 원동력이라는 사실이다. 나는 라희와 함께 무한한 상상력과 꿈을 키우면서 때로는 동심으로 돌아가서 밤하늘 별들의 이야기와 천문학을 조금 이해할 수 있었고, 그 안에 스며들어 있는 신의 섭리와 손길을 느끼며 기도할 수 있었다.

"캄캄한 밤이면, 하염없이 별을 바라보았다."

캄캄한 밤, 행복을 느끼지 못하고 끊임없이 현실 속에서 힘들었던 그 시절, 그저 헤매기만 했었다. 마치 사막을 여행하는 여행자처럼, 내면의 목마름을 응시하며 힘겨운 발걸음을 한 걸음 한 걸음 내딛고 있었다. 그리고 나를 지탱해주던 간절한 마음은 기도가 되어 지금의 나를 이끌어주었다.

지금 이 순간도 다시 나는 다양한 별들을 따뜻하게 바라보는 작업실 이층 방에서 수많은 별들의 위로를 받고 있다. 끊임없이 현실과 싸우는 시절도 지금 이 순간도 그 위로는 계속되고 있으며, 나를 지탱해주는 별들의 고요한 위로였다. 그 위로 속에서 느꼈던 마음이 감사함과 경외함이며, 그것이야말로 이 생애에서 내가 받는 가장 큰 선물임을 마음에 새기고 또 새겨본다.

　나는 그림을 보는 관람객에게 밤하늘에서 빛나는 작은 점들, 우리는 별이라고 부르는 그 작은 점들이 있기에 밤하늘이 아름다운 것임을 전하고 싶다.

"지금을 행복하게 살 수 있다면.

그림을 그리는 평온함에 집중할 수 있다면.

이런 작은 일상의 소중함을 충분히 느낄 수 있다면,

나는 그것으로 충분히 행복하다.

까만 하늘에 콕콕 박혀서 빛나는 별빛의 평온함과

아름다움을 그대들에게 전하고 싶다."

기
다
림
으
로

★

　　　찬바람이 코끝을 스치는 겨울,
몸은 움츠러들지만, 코발트 빛 선명한 밤하늘은 더욱 아름답
기만 하다. 깊은 밤을 통과하고 나면, 한층 더 성숙해질 수 있
을까 하는 기다림의 여운이 남는 시간이다.

　　힘겨움에 사로잡혀 생각에 잠겨 있던 고된 밤은 이제 시간
속으로 사라지고, 고요함만이 남는다. 이제 과거 모습처럼 격
정적이지도 고통스럽지도 않다. 그것은 잔잔한 빛이 주는 짙
은 감동으로 깊은 여운이 남아 기다림의 시작을 알려준다.

　　마음속 깊은 곳의 열정과 감정들은 언젠가는 밖으로 나오
기 마련이라는 것을 잊고 있을 때가 있다. 한 줄기 빛을 느끼
고, 그 빛줄기를 향해 나아가는 시간에야 비로소 나는 행복할

수 있음을 알았다.

인생을 살다 보면 늘 기쁜 일만 있는 것이 아니다. 갑자기 내리는 소나기처럼 평화로운 나날에 불현듯 걱정이 찾아오는 것이 인생이다. 누군가 위로해 줄 이가 없을 때, 홀로 떨어져 있는 기분이 들 때가 많다. 홀로 일 때, 위로해줄 누군가를 기다리는 것은 누구나 마찬가지일 것이다. 그리고 가까이 있는 것이나 멀리 있는 것이나 세상의 모든 것은 영원불멸하고 변하지 않는 절대자의 힘에 의해 보이지 않는 선으로 묶여 있는 듯하다.

살아가는 동안 우리는 많은 기다림 속에 살아간다. 분명한 것은 이제 기다림에도 믿음이 생긴다는 점이다. 그렇게 별이 가득한 밤, 나는 수많은 위로를 받았고, 그것을 그림을 그리기 시작하였다.

특히 그림을 그리다 보면 그림 속에 담긴 이야기들은 알게 모르게 서로가 서로와 연결되어 있음을 알게 된다. 그리고 그 그림을 통해서 우리가 살아가는 시간 역시 알게 모르게 연결되어 있다. 곧, 시간과 시간을 퍼즐 맞추듯 맞추다 보면, 그것이 홀로 된 것이 아니라, 서로 연결되어 있음을 알게 된다. 지금 외롭다 느끼는 그 순간에도 우리는 누군가와 연결되어 있다. 바로 빛이 비추는 바로 그곳에서….

'네'가 있어, '내'가 있어 있는 것이다.

그리고 그 수많은 '마음'들이 모여 '하나'가 되어 '별'이 되었다.

우리는 한 세상을 살아가면서 알게 모르게 서로 연결되어 있다. 특정 시간 안에 내가 있었고, 또 그 시간이 흐를 때 타인의 시간도 공존하는 법이다. 그러한 그 시간들은 지울 수도 없다. 오히려 그 시간들이 모여서 연대성을 지니고 하나의 시대를 만들어 낸다.

내게 있어 가장 아름답고 기대되는 기다림은 다음 작품을 위한 시간이다. 작품을 향한 모티브를 정하고, 그것들을 작품으로 표현하기까지 오랜 시간을 기다려야 한다. 그 시간은 표면적으로는 힘들고 지친 순간들로 보일지라도 결국은 행복한 기다림의 시간이다.

기다림의 끝에는 언제나 감사함과 경외심으로 그림을 그리기 시작하게 된다. 그리고 그 이면에는 관람객이 느낄 수 있는 자신의 모습, 자신의 마음을 볼 수 있는 시간들도 허락되어 있다.

실제로 그림을 좋아하고, 그림을 보기 위해 미술관 혹은 갤러리를 찾는 이들은, 그림이 주는 메시지가 이 시대를 살아가는 그들에게 깊은 울림과 따뜻한 감동을 안겨주기 때문일 것

이다. 사랑할수록 많이 힘들고 지치고, 또 노력하면 할수록 되지 않을 때가 있다. 그러한 시간을 겪은 나는 그림을 통해 바로 우리 인생에서 가장 중요한 것이 무엇인지 들려주고 싶었다.

겉으로는 자신만만한 인생일지라도, 내면까지 온통 자신만만함으로 가득 찬 인생은 아무도 없을 것이다. 그가 누구든 어려움을 겪기 마련이고, 때로는 돌부리에 걸려 넘어지듯 힘든 시절도 겪어야 한다. 이럴 때 곁에서 위로의 말 한마디보다도 더 큰 힘을 주는 그림을 그리고 싶고 전하고 싶었다. 그림 속에서 나는 어둠을 밝히는 한 줄기 빛을 만났고, 그 빛 속에서 밖으로 나올 수 있는 힘을 얻었기에.

특히나 밤하늘 빛나는 별은 하늘과 땅을 연결하는 천사들의 날갯짓처럼 빛의 파동을 일으킨다. 오랜 기다림 끝에 고통에 빠져 있을 때, 나를 일으켜 세워준 빛을 만났고, 그 빛을 전하는 것을 찾고 있었다. 위로를 받는 순간, 혼자가 아니라는 것에 안도를 느낀다.

그림이 있기에 지금 이 순간 위로를 건넬 수 있고, 따뜻함을 담을 수 있다. 가끔은 우리가 살고 있는 이 세계가 너무나 외롭고 두려워도, 밤하늘의 별을 바라보며 함께 갈 수 있는 지금을 감사하며, 그것을 그림으로 전한다.

빛으로, 130cm x 80cm, acrylic on canvas, 2019

별을 대하는 데 있어서 단순히 밤하늘을 수놓은 미학적인 관점이 아니라, 우리 삶의 빛을 이끌어 내는 빛의 원형으로서 숭고의 미학을 느끼며, 그 힘으로 살아갈 수 있고 그 별빛으로 더 숨 쉴 수 있음을….

그래서 내게 있어 별을 기다려왔던 시간은 오늘의 삶을 사는 모든 이들의 마음속에 전하고픈 희망과 행복의 원형이기도 하다. 일상에 지쳐 잊고 살았던 삶 속의 소소한 행복의 이야기를 별이라는 원형을 통해, 빛을 내려주신 생명이 먼 곳이 아닌 바로 내 주변에 존재하고 있음을 전하는 것이다. 예고 없이 닥친 고난에 남몰래 눈물짓는 많은 사람에게 위로를 건네고 싶다. 그래서 오늘도 별을 그리며, 별의 따스함을 전한다.

별을 바라보며, 기다리는 관람객들도 따뜻한 손길을 만났으면….

'어떤 기다림….

그림 안에서 만나기 위해 꼭 필요한 순간이다.

그리고 그 속에서는 우리가 된다.

우리로 만나서,

우리가 살아갈 실낱같지만 확실한 그 무언가를.

스스로 우연한 존재가 돼야 한다는 것.

그 누구에게도 나의 인생을 맡기지 않고

나 자신으로

존재해야 한다는 것을.'

밤하늘의 모닝스타

　　　　　우리가 자고 있는 한밤중에도 수많은 별은 온몸으로 빛을 내고 있다. 밤하늘에 무수히 떠있는 별들을 보면 민들레의 홀씨가 바람에 흩어지는 모습처럼 보일 때가 있다.

　사방으로 무수히 흩어지는 별빛이 우리 눈에 보이기까지 시간이 걸리는 것처럼, 우리는 수많은 시간을 기다림으로 보내야 한다. 별빛이 눈에 보이지 않을 때도 별은 늘 우리 곁에서 빛나고 있다.

　하늘에서 태양과 달 다음으로 밝게 보이는 것이 금성인데, 금성은 뜨는 시각에 따라서 각각 다른 이름을 가지고 있다. 아침에 보이는 금성을 모닝스타Morning Star라고 하는데, 우리말로 샛별이라고 부른다. 또 반대로 저녁에 나타나는 금성은 이브닝 스타Evening Star라 부르고, 우리말로는 태백성이라고 한다.

이중 새벽에 만나는 새벽 별Morning Star은 가장 어두울 때, 가장 밤이 깊었을 때 뜨는 별이라고 한다. 캄캄한 밤, 어둠이 깊어 아침이 올 것 같지 않고 으슥한 기분마저 드는 그 순간, 멀리 새벽하늘을 소리 없이 밝히는 별 하나가 차오른다. 밤이 모닝스타가 것처럼 보이지만, 곧 아침이 온다는 것을 알리는 샛별, 모닝스타가 떠오른 것이다.

온통 절망과 고통으로 덮여있는 영혼의 어두운 밤을 밝히는 하나의 빛이 우리 마음에 들어오는 순간이 있다. 아픔과 좌절의 한 가운데에서 헤어 나오지 못하는 마음에 곧 다가올 '좋은 날'을 알려주기라도 하듯 빛이 스며드는 것이다.

그리고 밤하늘의 모닝스타가 뜨고 난 후에야 비로소 그림이 주는 힘을 알게 된 것이다. 살아오면서 힘들고 외로웠던 시간도 많았지만 달리 생각해보면 그 시간이 존재했기에 지금의 나와 그림이 존재한다는 것을 깨달을 때가 있다.

아픔과 좌절을 몰랐던 자신만만한 시절에는 나만의 완벽한 작품을 그리겠다고 기대했던 것에 반해 지금은 그림을 그리는 과정에서 위안을 얻고, 생명력을 느끼며, 살아 있음에 감사해 할 수 있었다.

모닝스타, 46cm x 38cm, acrylic on canvas, 2019

어둠이 짙게 깔려서 아침이 오지 않을 것 같은 그때, 여명이 밝아오면서 함께 떠오른 모닝스타는 내가 그림 속에서 얼마나 힘을 내고 위로를 받을 수 있는지, 또 얼마나 열정적일 수 있는지를 몸소 느끼게 해주는 특별한 시간을 가져다주었다.

무엇보다 우리 눈에 보이는 것들을 그리는 것도 좋지만 나는 보이지 않는 내면을 상징화하는 그림을 더 좋아한다. 그래서 지금 내가 하고 있는 작업들은 보이는 세계에서 보이지 않는 세계, 곧 내면으로 가는 단계를 향하고 있다.

그림을 그리던 초기의 작업이 사물과 상황을 그리는 것이었다면 이제는 복잡함보다는 단순하면서도 내면을 투영해서 바라보는 감성의 촉감을 지닌 작가로 그림 작업을 하고 싶은 것이다. 사막 한복판에서 길을 잃은 이들에게 빛나는 샘이 되어 줄 장면을 그림에 담고 싶었다. 그리고 모닝스타를 만나는 그 순간 지금껏 만나보지 못했던 힘을 느꼈다.

상징과 메타포를 잘 풀어내어 자신만의 독특한 작품 세계를 표현하는 것은 화가의 꿈일 것이다. 모닝스타는 날 흔들리지 않게 잡아주고, 내 마음과 행동을 증명하는 존재였고, 삶의 행복의 무게를 마음에서 저울질하게 해주는 내 삶의 메타포가 되어 주었다.

이 과정에서 별을 상징과 은유로 표현하고, 그리고 진정한 행복은 무엇인지를 묻고 생각해보았다. 내게 별은 존재를 이루는 근원의 시작점이며, 하나의 형상을 이루는 원형이다.

밤하늘의 모닝스타는 빛을 주신 절대자 그분이 보내주신 최고의 선물이자, 삶의 고통에 힘겨워하는 그 순간을 잘 빠져나올 수 있게 한 위로의 손길이었다.

수도가자 고행하듯 캔버스 위로 붓질을 하며 별을 그리고 색을 칠하며, 별들의 빛을 연결하고 또 연결하는 작업을 반복하였다.

우리가 세상에 오기까지 본래의 우리가 있었던 생명의 원형을 만나고 표현하는 과정을 통해 마음속 아픔을 표현하고 위로받는 법을 배우게 되었다.

그리고 캄캄한 밤, 곧 다가올 여명을 기다리며 오늘도 그림을 그린다.

별을 그리면서 한 번씩 별을 바라볼 때가 있다. 또 별을 그리며, 내 마음 안에 있는 별을 기다릴 때가 있다. 이제는 밤하늘의 여명을 기다리는 것도, 마음 안의 여명을 기다리는 것도 두려운 시간이 아니라, 설레임의 시간이다. 곧 모닝스타가 찾아올 시간이 될 테니….

나는 오늘도 별을 그리며, 별을 바라본다.

"깊은 밤하늘이 두렵지 않은 까닭은

어제도 오늘도 내일 밤에도

우리에게 찾아오는

모닝스타가 있기 때문이다.

모닝스타는 나를 살리러 오신

그분이 보내준

특별한 선물이었다."

그
림
을

읽
다

⭐

"나는 저 멀리 높은 곳에서 나를 감싸주는 별을 보았다"

그림을 그릴 때마다 자신의 별에 사는 어린 왕자가 말을 거는 것처럼 언제나 나에게 말을 걸었고, 별에 대해 깊이 생각에 잠기곤 한다. 또 주변에서도 '별'이 상징하는 것이 무엇인지, 그리고 별이 좋은 이유를 자주 질문을 받는다. 그때마다 나의 대답은 아주 단순하다. 별은 빛 그 자체이며, 빛의 원형이라는 말을 전한다. 내게 그림은 내 마음을 빛나게 하는 생명, 그 자체이기 때문이다.

그리고 한 걸음 더 나아가 빛과 별을 통해 세상의 소외되고 가려진 곳의 아름다움과 온갖 선입견으로 지쳐 있는 모습을 품고 싶었다.

그림을 보면, 그 화가의 삶이 읽어진다. 꼼짝 않고 오랜 시간 동안 그림 앞에 서 있는 경험을 해 본다면, 이 말에 동감할 것이다.

그림을 그리면 화가의 시선은 어떤 방향을 향하고 있을까? 생각에서 그림으로 전환한다. 화가가 가진 주제 의식은 소재를 통해 구체화 되고, 캔버스에 그려진다. 그리고 그림을 통해 탄생한 또 하나의 그림 앞에서 자유로운 감상으로 만나게 되길 바라는 마음이 담겨있다.

왜냐하면 화가의 작품을 보면 화가의 정신과 영혼, 그리고 마음이 이야기라도 하듯 녹아내려 있다. 그리고 영혼이 깃들어 있음이 관람객에게도 전해지기 때문이다. 물론 영혼을 담은 작품일 경우에 한하겠지만. 곧 화가 역시 단순히 붓이나 물감 같은 '재료'로 그림을 그리는 것에 그치는 것이 아니라, 화가가 표현하려는 '주제'와 '정신'을 담는 것이고 그것이 바로 작가의 숨결로 깃들어지게 된다.

그래서 작품 하나하나를 보면서 그림을 감상하고 그것으로 표현하고자 한 화가의 의도를 오롯이 이해할 수 있다. 또 그림이 전해주는 특별한 장치가 없어도, 화가의 의도가 관객들에게 그대로 전해지곤 한다.

이렇듯 화가를 만나는 시간은 그들의 감정과 삶에 우리 자

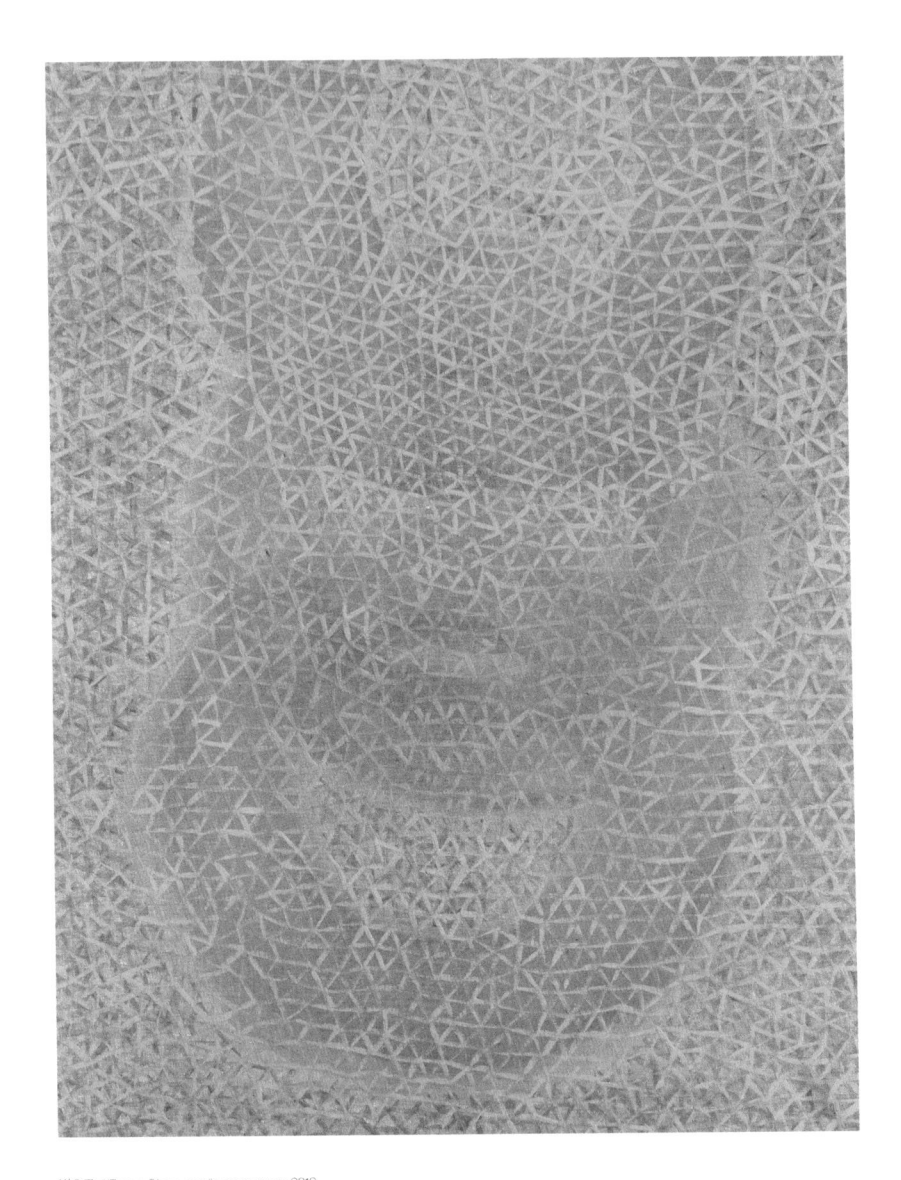

빛으로, 117cm x 91cm, acrylic on canvas, 2019

신의 삶도 연결되어 있음을 보여준다. 더불어 조심스레 자신의 감정을 열어보고 그 안에 있던 감정들을 하나 둘 표현하며 관람하는 자신을 발견할 때가 있다.

이러한 면에 있어 그림과 관람객은 서로 단짝 친구 같다. 잔잔한 격려가 되어주고 위로가 되는 가운데 아늑한 편안함을 준다. 때로는 힘겨웠던 시간을 공유하고, 때로는 하루 속의 소소한 즐거움을 나누며, 또 때로는 삶에 대한 격려와 충고도 아끼지 않는다.

그래서 그림과 관람객은 무언의 감동을 나누며, 진심으로 상대의 아픈 마음을 이해하는 것처럼 보이며, 서로에게 든든한 격려의 메시지를 보낸다.

"이 그림을 보는 모든 사람이 행복했으면."

그림 앞에 서는 관람객 그리고 그림을 읽는 관람객을 향해 작품을 감상할 수 있도록 초대하며, 이런 기도를 한다. 내가 받았던 그림이 주는 위로를 관람객에게 전하고픈 마음이다. 그림 없는 삶은 이제 상상할 수도 없다. 더불어 그림을 통해 그림보다 아름다운 세상을 꿈꾼다.

나는 그림 작업을 하면서 그림을 보고 그림을 읽는 관람객들의 순간을 기대한다. 관람객들에게 대화를 할 수 있는 그 순간은 서로를 향해 위로해줄 수 있는 시간이다. 그 꿈은 더 나아가 관람객의 꿈을 일깨워주어 그들의 꿈과 희망에 대해 말할 수 있기를 소망한다. 그리고 그 소망을 담아 별을 띄운다. 별과 별, 그리고 보이지 않는 별을 연결하는 선은 마치 나와 관람객들의 마음 하나하나를 연결하듯 움직인다. 붓에서 붓으로 이어지고 점에서 점으로 선에서 선으로 면에서 면으로 다시 마음으로 이동한다. 이러한 흐름은 빛깔만큼 우리 마음을 부드럽고 따뜻하게 물들인다.

가끔 작품 앞에 선 관람객을 바라볼 때 약간의 표정 변화를 느낄 때가 있다. 그림을 사이에 두고 미소 지으며 행복해하는 관람객의 얼굴에서 서로 바라보고, 소통하며, 신뢰를 보내는 그 순간이 화가로서 가장 기쁜 순간이다.

작품과 관람객의 관계에서 믿음은 함께 꾸는 꿈이 일치될 때이며, 현실 안에서 서로 될 수 있다는 믿음에서 오는 소통이 있을 때 가능하기 때문이다.

행복을 믿는 사람만이 행복한 그림을 그릴 수 있고, 그림을 보는 이들도 행복을 느낄 수 있다. 맑고 깨끗한 영혼을 별빛으로 표현하고 있는 나는 얼마나 축복받은 화가인가?

고로 나는 행복한 사람이다.

"오늘 정말 수고했어.

다 잘 될 거야."

"네가 가장 빛나는 별이야."

별 앞에 선 그대가

이런 위로를 받았으면 좋겠다.

별빛의 따스함과 포근함에 힘을 얻고,

다시 활기 넘치는

자신만의 인생을 살기를…

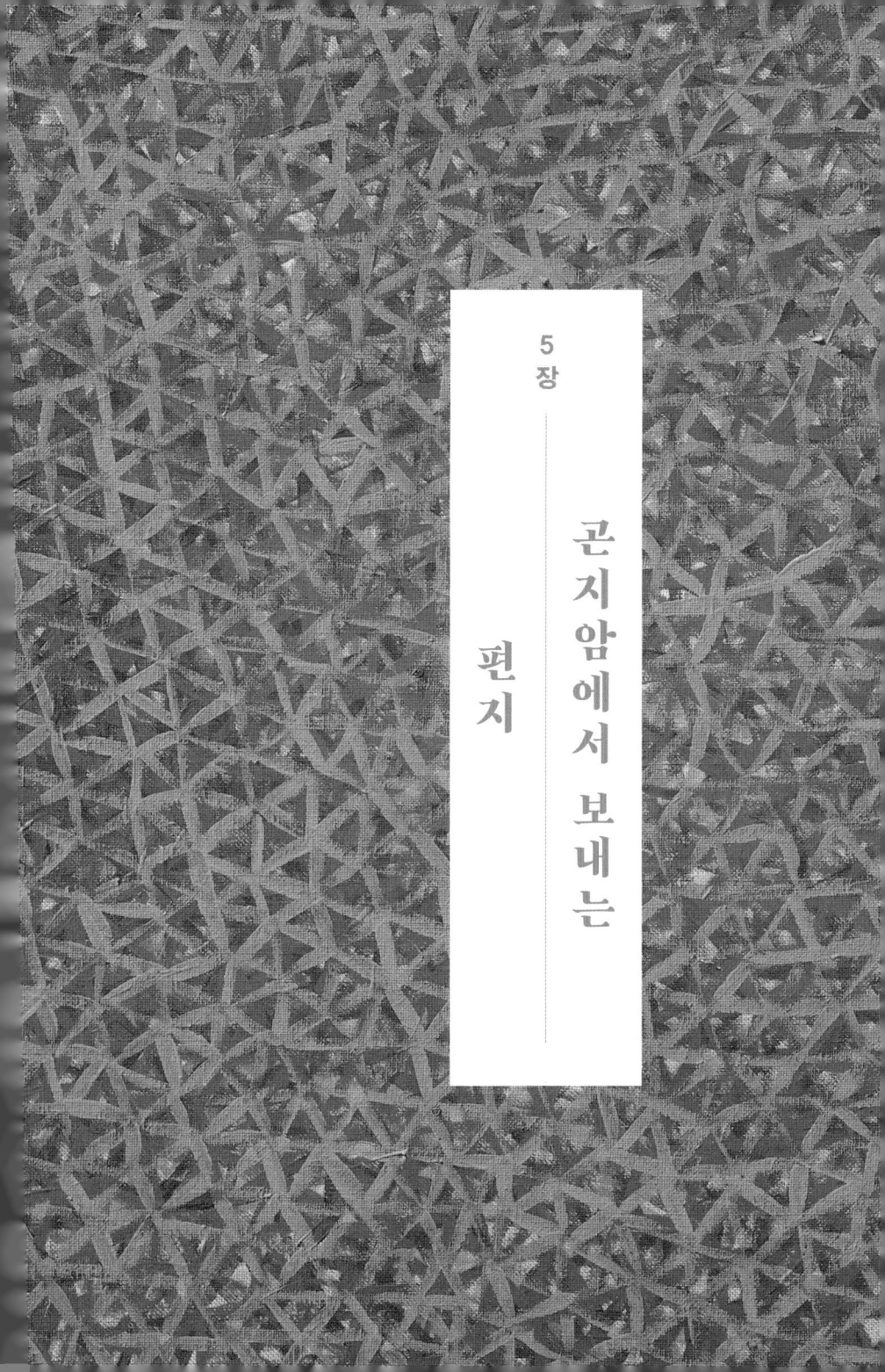

5
장

곤지암에서 보내는

편지

◂ 빛으로, 73cm x 73cm, acrylic on canvas, 2019

신의 전령을 만나는 시간

　자연은 처음부터 끝까지 있는 그대로를 보여주기에 그 앞에서는 굴복할 수밖에 없게 한다. 그래서 내게 자연은 신을 만나는 곳이고, 자연은 신이 보내주신 전령처럼 느껴질 때가 있다. 이렇게 전해지는 자연이 보내는 신호는 들리지도 않고 보이지도 않지만 그림과 마음을 통해 스며든다.

　도심을 벗어난 작업실에 조용히 앉아, 작업하면서 느끼는 잔잔한 감동을 그림에 담고, 그 여운은 마음의 서랍 속에 조용히 넣어두는 어느 날, 나만의 행복을 느끼며 날을 지새운다.

　자연은 경이로운 것들이 가득하다. 그 안에 있는 모든 실재와 비실재가 조화를 이루며, 삶 하나하나를 비추고 있음을 알

빛으로, 117cm x 91cm, acrylic and oil on canvas, 2019

린다. 이 알림이 바로 신의 초대가 아닐까? 신의 초대를 알리는 전령을 만나는 시간들은 어느새 충만한 행복감으로 지금을 행복으로 채워준다.

특히 자연과 가까이 살다 보면, 꽃이 피어나는 과정, 봄이 채워져 가는 과정을 보면서 생명의 힘과 빛의 신비로움을 만끽할 수 있다. 이것은 그림보다 더 아름다운 광경이고, 그 어떤 순간보다 감동적인 때이다. 겨울 내 메마른 땅속에서 거센 혹한을 감내해야 하고 얼어붙은 흙 속에서 뿌리를 뻗치며 세상 속으로 나온 자연을 보고 그 누가 경외감을 느끼지 않을 수 있겠는가?

언젠가 나는 이런 말을 한 적이 있다.

"촛불같이 되고 싶다."

하얗고, 올곧으며, 우아한 촛불에 취해 그 불빛처럼 되고 싶었다. 사방을 비추기 위해 자신을 내어 주고 희생하는 초의 모습을 보면서, 내가 그림을 그리는 이유도 그런 것이 아닐까 생각하며, 화가로서의 삶의 목표를 그렇게 표현했다.

그래서 대자연 안에 조화로이 놓여 있는 자연물처럼, 하얗고 텅 빈 캔버스 앞에서 조화로이 빛을 내며, 파동을 일으키며 확장하는 별의 모습을 담아낸다. 그림 속에서 빛이 확장되는 모양을 나타내는 '파동'과 '원'은 우리 마음 안에 빛이 퍼지는 모습을 극대화한 것이다.

또 이러한 별의 에너지는 이미 우리 모두의 내면을 밝히는 빛으로 내제되어 있음을 보여준다.

자연 안에 머무르면서, 나도 모르게 마음이 편안해지고 미소 짓게 된다. 상상하거나 억지로 꾸며 낸 것이 아닌 우리의 일상 속에서 즐겁고 행복한 순간을 포착하여 그림에 담아낸 것이다. 삶의 소소한 기쁨을 담듯 하나 둘 펼쳐진 그림 속 행복한 기운이 더욱 마음을 흔들고 있다.

"행복을 주는 그림이 되길…."

화가로서 내가 받는 행복을 전하고픈 마음은 '예술가로서의 행복'을 너머 '이 세상에 살아 있는 모든 존재에게' 보내는 편지이다. 별빛으로 치유가 되었듯, 내 그림을 보는 이들도 하나의 작품으로 끝나는 것이 아니라, 신이 주신 하나의 선물로, 그림과 함께 행복해지길 진심으로 바란다.

"캔버스 앞에 서서, 오랜 시간 그림을 바라보았다. 작품 그리고 나, 관람객과의 교감의 순간을 담으며 모든 이가 행복해지길 바라며…."

그리하여 그림을 보는 관람객이 그림과 마주하고 서서, 천천히 부드럽게 호흡하고, 마음속 깊은 곳에서 그림에서 느낀 빛을 만나길.

그렇게 그림을 바라보며, 행복으로 이끄는 손길을 느끼는 내적 경험을 통해 꿈에 대한 생각, 행복한 생각을 하기를….

"내게 자연은

경외심을 일으키는 곳이고

자연은 절대자가 보내주신 전령처럼

내게 속삭인다.

모두가 행복할 수 있는

그림을 그리기를…."

⭐

곤지암의 오솔길은 내게 동화적이고 몽환적인 분위기의 오솔길이다. 또 이곳의 푸른 하늘에 걸쳐있는 하얀 구름은 아이들이 반짝이는 눈빛으로 애타게 기다리는 하얀 사탕을 닮았다. 그 모습이 그림 속의 포근한 별에 안긴 것처럼 따사롭고 편안해 보인다.

또 미간을 간질이는 살랑거리는 햇살, 다채로운 꽃길은 경쾌한 왈츠를 추듯 물결무늬를 그리며, 유쾌한 순간들을 만든다. 자연 한가운데 있는 곤지암의 오솔길엔 오직 기쁨과 사랑스러운 눈길이 가득하고, 추억도 고운 빛깔로 물들 수밖에 없다. 이곳에서 작업을 많이 할 수 있는 것도 이러한 이유일 것이다.

오솔길 사이로 쏟아지는 빛은 창조 원형의 시간들처럼 마음 안에 들어오고, 마음을 움직이는 표징처럼 보인다. 이러한 표징은 그림의 방향을 결정하게 한다. 그림이 갖춰야 할 형식이 있다면, 그리는 이의 영혼이 담길 수밖에 없으니 말이다.

그래서 내 그림 속에 사람들의 모습도 얼굴도 없지만, 사람들의 따사로운 마음을 담고, 그 마음을 어루만져준 신의 손길을 담을 수 있었다.

도시의 삶은 바쁘고, 빠른 반면, 이곳의 삶은 조금 느리고 여유롭다. 그래서 이곳에서의 생활은 신이 주신 선물이며, 그 선물을 놓치는 일이 거의 없다. 서울, 뉴욕, 런던 등 큰 대도시의 삶을 경험했기에 느리게 흘러가는 이곳의 시간이 얼마나 큰 선물인지 새록새록 더 확인하는 순간이 오기도 한다. 그때가 오면 가끔 여유로운 호사를 누리는데, 바로 라희와 함께 오솔길을 걸을 때이다.

이곳에서 우리는 단짝 친구처럼 자연의 색을 눈에 담고, 향기를 머금으며, 걷는 촉감을 함께 느낄 수 있다. 가고 싶을 때 갈 수 있고, 볼 수 있을 때 볼 수 있다는 것, 그것이 얼마나 행복한 일인가?

선선한 가을밤, 도시의 어떠한 화려한 불빛보다 더 빛나는 별들과 만날 수 있는 행운의 계절이 오면, 그 행복이 배가 된다.

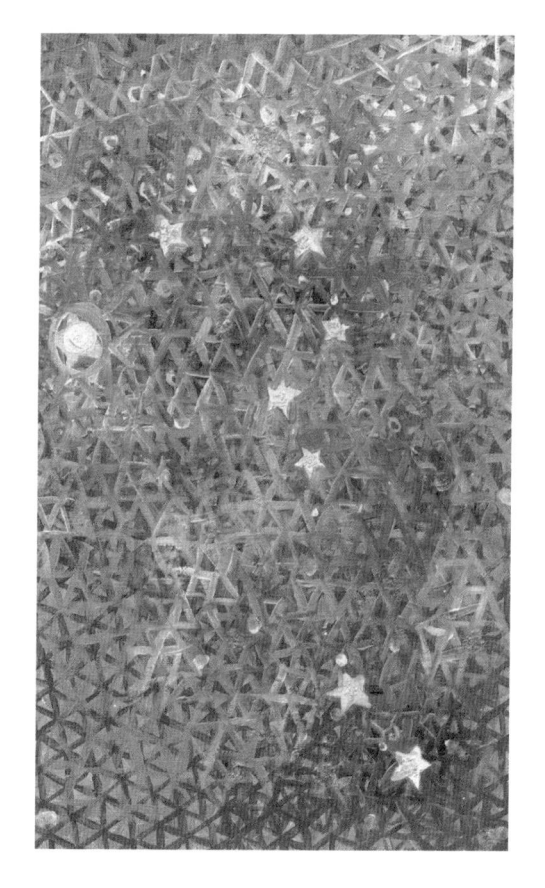

북극성, 46cm x 27cm, acrylic and oil on canvas, 2019

구불구불 오솔길을 걸으며 우리를 지켜주는 가로등을 지나, 밤하늘을 올려다보면 보석보다 더 영롱한 별들을 만날 수 있다. 때로는 수없이 많은 별들이 반짝이면서 별자리가 선명하게 보일 때가 있다. 그때는 별자리를 하나하나 손가락으로 가리키며 북두칠성, 북극성, 전갈자리, 백조자리 등 별자리를 찾아본다. 별자리 이야기를 세세하게는 잘 알지 못하지만, 북두칠성에 관한 별자리 이야기는 또렷하게 기억하고 있어, 북두칠성과 북극성을 발견했을 때 나도 모르게 기쁨의 탄성을 외치고 말았다. 도시에서는 밤하늘을 바라다봐도 쉽게 별이 보이지 않지만, 곤지암의 밤하늘은 별이 그야말로 쏟아지듯 총총 떠 있고 수를 놓은 듯 반짝이는 하늘이다.

오솔길에 가로등들이 있으니, 밤마실 다니기엔 좋아졌지만, 별들을 만나기엔 너무 밝을 때가 있다. 그럴 때 하늘을 캔버스로 옮겨, 별들을 화폭에 담기 시작하였고, 별이 쏟아질 듯 내려앉는 밤하늘의 경이로움에 푹 빠져서 헤어 나오지 못할 때도 있다.

이렇듯 곤지암 오솔길을 산책 하다 보면, 별과 함께 바람도 종종 만나게 되는데, 오솔길에서만 만날 수 있는 맑은 바람은 눈에 보이지는 않지만, 맑고 투명하게 느껴진다. 맑고 투명한 하늘 아래 있는 것이 얼마나 감사한 일인지 저절로 기도가 나온다.

그리고 자연을 통하여 인생의 길을 배우게 된다. 아버지가 늘 말씀하셨던 것처럼, 자연처럼 순리를 따르고, 정직하게 살며, 착하게 살아야 한다는 깨달음을 갖게 된다.

뉴욕에 도착했을 때 새로움에 대한 벅찬 설렘을 느꼈다면 이곳 곤지암에서의 첫 느낌은 방황하던 나를 인도하여 정착하게 한 평온함이었다. 인생의 방향을 결정해야 할 때, 동방박사를 인도하듯 반짝였던 별빛이 나를 이곳으로 이끌고 와 신의 숨결을 느끼게 하였다.

바로 별빛을 통해서….

그리고 결정을 내리기까지 용기를 내 한 걸음 내딛게 힘을 준 별빛의 인도를 나는 잊을 수 없다. 지금의 나는 마음으로 그림을 읽고 그리며 그 아름다움을 온전히 느끼고 행복에 가까이 가는 길로 걸어가고 있다.

"나는 시스템을 창조하거나 아니면 다른 인간의 노예가 되어야 한다.
나는 판단하거나 비교하지 않을 것이다. 창조하는 것이 나의 일이다."

_윌리엄 블레이크

"어느 날,

빛이 창공에 퍼지는 곤지암 작업실에서

윌리엄 블레이크 문구가 떠올랐다.

빛으로 오신 절대자의 사랑을 느끼며,

지금의 행복을 온전히 느끼며 즐겁게 창조하는 것,

이것이 화가로서의 나의 일이다."

에
스
더
의
지
혜

★

　　　　　　　인생은 선택의 연속인 듯, 우연
인 듯 움직이지만, 그 선택과 우연은 '운명' 안에 '지혜'를 차곡
차곡 넣어서 이루어진 것이 아닌가 생각한 적이 있다. 예고되
지 않은 하루하루가 그냥 흘러가는 것이 아니라, 우연과 필연
으로 연결되어 한 사람의 삶을 채운다.

　이렇게 살아가다 보면 운명이 작용하는 선택의 계단에서
어떤 계단으로 가야 할까 선택을 해야 할 때가 오기 마련이다.
내가 좋아하는 것을 마음껏 하고, 내가 가고자 하는 곳으로 자
유로이 발걸음을 옮기고 살 수 있다면 좋겠지만, 그런 삶은 흔
하지가 않다. 우리는 각자의 삶에 대해서 원하는 부분을 모두
충족하며 살기 힘이 들고, 오히려 좋아하는 것을 포기하는 선

택의 기로에 서 있곤 한다.

조금 더 만족할 수 있는 길을 선택하거나 조금 더 이익이 되는 길로 가라는 말도 있지만, 지금 당장 손해를 보고 밝은 길이 아닌듯한 그 순간에도, 분명 가치 있는 것들이 존재한다. 단지 그 가치가 발현될 때까지 기다림이 필요하다. 기다림의 미학….

지금은 사십대의 온화한 열정이라면, 뜨거운 열정을 가졌던 나는 때로는 작고 멋진 꿈이 충분히 멋진 삶이 될 수 있다는 가치관을 가지고 있었다. 그래서 스물여덟 살, 서른의 고개에 들어가지 않은 나이에 파슨스에서 '교수'라는 직함으로 강단에 섰다. 그림을 그리거나 디자인을 하거나, 예술계에 몸담고자 하는 꿈을 꾼 청춘들이라면 누구나 입학하고 싶어 하는 학교에서 가르치는 자리가 주는 무게감보다는 학생들과 함께 의견을 교환하고, 열정을 나눈다는 생각이 우선이었다.

활발한 창작 활동을 하면서, 작품을 만들어 내는 그 시간들이 소중했고, 그런 생각에서인지 성실한 농부처럼, 많은 작품 활동을 해왔다. 그리고 화가로서 나아가야 할 작품의 방향, 메타포를 설정하는 데 있어서, 중요한 시간이었음을 훗날 알게 되었다.

내 주변의 모든 것들은 그림의 메타포가 된다. 하늘, 땅, 흙, 햇빛, 바람, 숲, 나무, 풀, 돌 등과 나무와 햇빛과 내가 눈으로 보고 냄새를 맡고 만질 수 있는 것들. 그 이상의 것들 모두 그림의 소재가 되었다. 그리고 그것들을 캔버스에 담으면 그 자체로 하나의 생명으로 탄생하는데, 그것이 바로 '별빛'을 통해 느껴지는 생명력이다.

오늘은 비록 빛나지 않더라도, 내면의 빛을 내며 제자리에서 아름답게 빛나고 있는 세상의 모든 별들에게, 지금 당장 빛나지 않더라도 언젠가는 빛이 나리라는 것을, 그림으로 전하고 싶다. 지금 현재의 모습이 '작은 삶'일지라도, 지혜롭게, 감사한 마음으로 살아내는 용기가 있다면, 그의 인생은 밝게 빛나리라는 것을.

지혜를 갖고, 감사한 마음을 갖는 것, 이것을 그 누구보다도 잘 실천한 지혜로운 여인 에스더가 떠오른다. 성경에 나오는 에스더서에는 아주 특별한 면이 있는데, 이 이야기에서는 〈하나님〉이란 이름이 한 번도 나오지 않고 하나님께 기도하라고 말하지도 않는다. 이방인의 땅에서 하나님의 백성들이 어떻게 살아야 하는 것에 대한 지혜를 받은 여인이다.

나는 매해 새해 기도를 할 때마다, 지혜를 청한다.

내게 빛으로 오신 주님이 그림을 보는 관람객에게도 빛으로 전해지길 바라며, 에스더의 지혜로움을 그림에 담아 본다.

빛으로, 117cm x 91cm, acrylic and oil on canvas, 2019

지금의 나를 만들어 낸 원천은 신에 대한 끝없는 사랑, 그리고 간절한 기도임을 느낀다. 늘 신은 나를 품어주었으며, 하늘과 바다처럼 나를 안아 주었다. 그런 신의 마음을 헤아릴 길이 없지만, 에스더의 기도와 지혜처럼 바다처럼 큰마음과 깊은 위로를 체험한다.

　　누군가를 사랑했던 것도, 별을 그리는 것도, 삶의 속도가 조금 느려진 것도, 모두 기도 속에서 시작하며, 기도 안에서 지혜롭게 풀어나가길 소망한다.

　　솔로몬 왕이 지혜를 얻은 것처럼,

　　내 인생의 해답 역시 지혜를 통해서 이루어지길….

"에스더, 이름의 뜻은 별이다.

에스더는 별을 닮은 여인이었고,

자신의 인생을 넘어서, 모두의 삶을 위해,

기도하고 지혜를 청한 여인이다.

빈 캔버스 앞에서, 에스더의 지혜를 청해본다.

사람을 향한 순수함을 닮아,

모두가 빛날 수 있는 아름다운 정의가

펼쳐지길 바라며…"

보이는 것과 보이지 않는 것

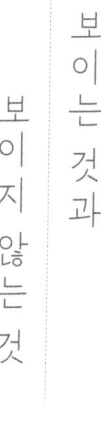

우리는 보이는 것을 말하고 표현하지만, 또 보이지 않는 것을 사유하고, 그것을 그림이나, 음악으로 표현한다. 보이지 않는 것을 더 구체적으로 사유하면서 인식의 문을 더 활짝 열어, 다채롭고 좀 더 깊이 있는 세상을 만나는 것이다.

보이는 것과 보이지 않는 것 즉 가시적인 것과 비가시적인 것에 대한 많은 작품들이 있다. 화가는 그 중에서 빛, 물, 공기 등 자연에 관한 비가시적인 것들을 모티브로 슬픔, 기쁨, 좌절, 환희, 행복, 불행 등 심연의 감정들을 표현하기도 한다.

화가가 일상생활에서 마주칠 수 있는 보이지 않는 세계에 관한 사유는 '보이지 않는 것'을 '어떻게 보게 할 수 있을까?'

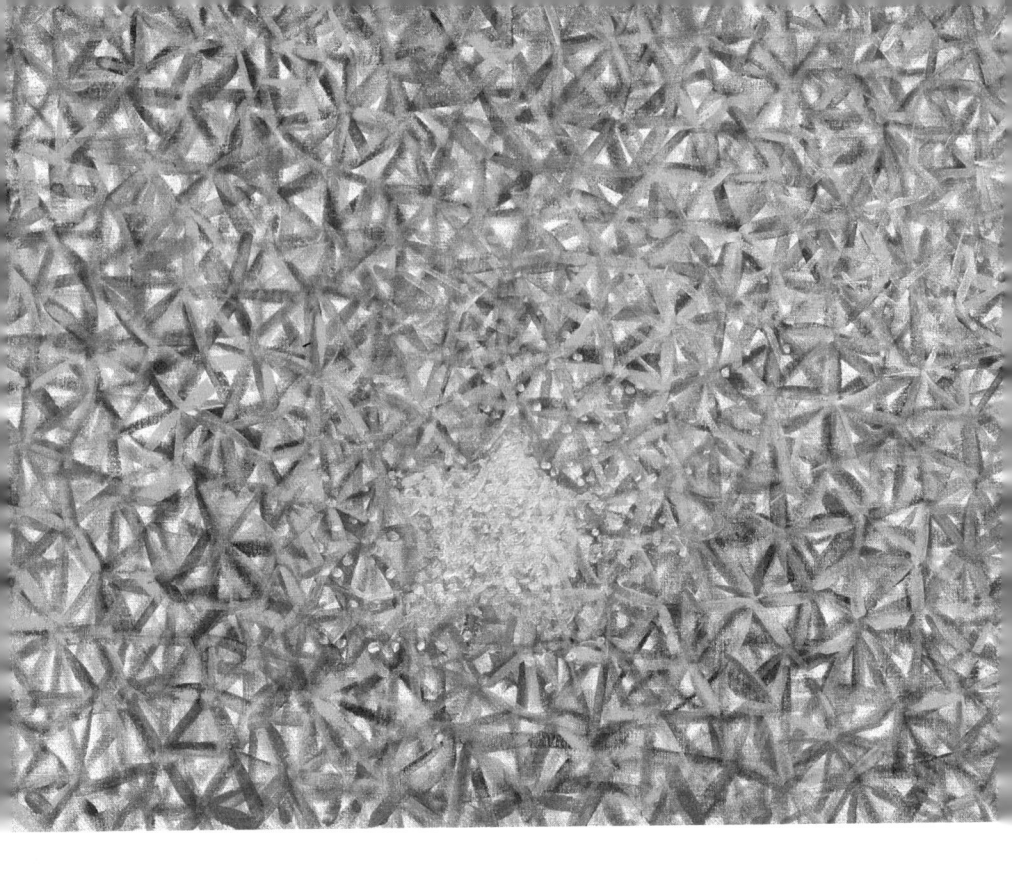

일 것이다. 그림 한 점을 통해서 보여주려고 하는 것이 무엇인
지 그리고 어떻게 보이지 않는 것에 대한 진리를 담을 수 있는
지 고민한다.

스스로 끊임없이 마음 깊은 곳을 향해 근원적인 질문을 던
지고 또 던지면서 삶이 무엇인지를 묻는다. 그렇게 해서 보이
지 않는 것들에 대한 지각, 곧 삶의 고통과 기쁨의 순간에 우리
가 표류하고 있음을 자각하고, 그때마다 그림을 찾는 관람객
들에게 전달되고 소통될 수 있는 모티브나 메타포가 무엇일지

모닝스타, 180cm x 65cm, acrylic on canvas, 2019

생각한다.

　또 반대로 눈에 보이는 가시적인 것을 보이지 않는 비가시
적인 세계로 표현하기도 하고, 추상적으로 그려내는데, 이러한
점이 미술을 하는 화가의 행복이자, 역량이지 않을까?

　홍익대학교 미술학부 2학년 즈음에 심연이라는 그림을 그
리면서 내면 깊숙이 자리하고 있는 마음들에 대해서 깊이 사
유하고 그것들을 가시화하는 작업을 했었다. 내면 바라보기

작업을 하면서 내면에 깃들어 있는 화가로서의 정체성을 찾아가는 작업이었는데, 내면을 가시화하는데 있어서 겪게 되는 감정의 변화들을 담담하게 받아들이고, 있는 그대로 캔버스에 옮겼다.

이 때 나는 보이지 않는 것들을 살피면서, 삶을 바라보는 관점에 대해서 보이는 것보다 보이지 않는 것들이 더 우리를 지키고 있다는 생각을 했었는데, 이러한 생각이 어디에서부터 시작되었는지 유학 시절에 알게 되었다.

한때 나는 단테의 〈신곡〉을 읽으면서 천국이 있다면 어떤 곳일까 생각한 적이 있었는데, 그것이 그 시작이었을까? 나는 자연스레 세례를 받았고, 세례를 통해 심연에 자리한 절대적인 사랑을 체험하게 되었다. 계획되어 있었던 것처럼, 아주 자연스럽고 담담하게…

그때부터 내가 느낄 수 있었던 것은 내 마음 깊숙한 곳에 빛이 자리하고 있다는 것이었고, 그 빛은 내가 걸어가는 길을 비춰주고, 가야 할 방향을 잡아주고 있다는 것이다. 그리고 빛의 인도로, 지금의 모습인 화가로 한 아이의 엄마로 살아갈 수 있게 되었다. 또 곤지암이라는 새로운 곳을 열어주었고, 이곳에서 별빛을 통해, 생명의 힘을 느끼고, 표현할 수 있는 힘이 되었다.

어렸을 때 가족여행을 떠나 별똥별을 보고 기뻐했던 것처럼, 이곳의 생활은 마치 여행처럼 기쁨의 연속이다. 때로는 외부적인 요인들, 특히 순수하지 못한 마음들에 의해서 건조하고 메마른 땅이 되기도 하지만, 겨울 땅을 뚫고 나오는 새싹의 강한 힘처럼, 빛으로 다시 비옥해짐을 경험한다.

언제나 우리를 아끼고 보호하는 빛, 그 빛은 별의 모습으로 다가왔고, 그중에서 샛별, 모닝스타는 빛의 원형처럼, 나를 사로잡았다. 그 순간 머릿속도, 마음 안도 감성과 이성 모두 별빛으로 가득했다. 내 마음 안에 있는 빛을 어떻게 표현할 수 있을까 간절히 고민하며 작품을 시작했고, 새벽에 밝게 빛나는 별을 떠올리며 빛에 대한 경외심을 가졌다.

이즈음 나는 집중하는 모습을 스스로 느끼지 못할 정도로 그림 속에 빨려 들어가 있었다. 잠을 자는 시간을 제외하고는 온전히 그림만 그렸을 정도로 그림 속의 빛에 둘러싸여 있었다. 보이지는 않지만 선명하게 느껴지는 그 빛을 받아 캔버스에 붓이 오갈 때마다 절대적인 사랑과 아낌없는 위로를 받으며 이야기하듯 그려나갔다.

그리고 어느 누구도 줄 수 없는 절대적인 사랑과 아낌없는 위로는 붓에서 캔버스로, 캔버스에서 이제 그림을 관람하는 관람자에게로 신비한 파장을 그리며 전해진다. 동심원을 그리면서 점점 확대되어 나가는 감격의 파장으로….

"가장 어두운 밤하늘에 아침이 밝아오기 전

새벽에 밝게 떠오른 샛별…

그렇게 모닝스타는

하늘에서 땅으로 내려왔고,

동그란 파장을 그리면서

나와 너,

그리고 우리가 되어 점점 확산된다.

빛을 찾는 나에게 그리고

당신에게…"

생
명
의
힘

⭐

　　　　　이곳 곤지암의 봄은 개나리, 진달래, 산수유, 목련 등 밝고 화려한 꽃들이 피어나 온 세상을 봄으로 밝힌다. 어떠한 그림도 자연의 색을 따라갈 수 없음을 실감하고, 또 경외감을 느끼게 한다.

　그런데 모든 것이 척박해 보이는 겨울에도 소리 없이 새 생명을 피워내는 이 새싹들이 받았을 힘을 생각해본다. 우리 눈에 보이지 않는 대낮에도 별빛이 빛나는 것처럼, 메마르고 건조해 보이는 땅속에서도 생명은 시작하고 있었다. 그리고 이 모든 것을 지탱하는 생명의 힘은 바로 빛일 것이다.

　빛은 인간을 포함한 모든 자연에 부여된 위대한 선물이자, 생명 그 자체인 것이다. 내게 있어서 별빛 시리즈로 만들어 나가고 있는 작품의 근원도 빛과 생명이라 할 수 있다.

그림을 그리면서 나도 모르게 자연에 대한 경외감을 고백할 때가 있다. 자연은 그림을 위한 단순한 재료나 수단이 아니라 하늘, 땅, 물, 식물, 동물 등 모든 생명이 어우러져 있고, 우리 인간도 그 속에 '하나의 힘'으로 존속하는 것을 고백하게 한다.

그리고 그 하나의 힘은 자연 한가운데 있는 빛일 것이다. 그래서 나는 캔버스에 별을 메타포로 하여 빛과 생명을 이야기할 때, 매우 정확한 구도를 정하고, 선명한 색 면의 조합을 결정한다. 그리고 기하학적 형태와 상징적인 색채가 반복되는 패턴으로 진행되면서 빛과 생명의 질서가 드러난다.

이 작업 과정은 눈에 보이는 심미적인 아름다움을 표현하는 것보다 보이지 않은 것을 가시적으로 보이게 하는 노력이다. 보는 사람은 붓을 터치하는 과정이 우연적 효과인 듯 보일지 모르나, 그 모든 작용은 빛을 위한 필연적 효과를 생각하고 세심하고 섬세하게 이루어지면서 생명의 유한성을 넘어선 무한의 영역을 표현하고 있다.

우리는 빛으로 향한 시간을 살아가고 있다. 그 안에는 희망

Morning Star

Hee seung

이라는 이름으로, 미래라는 이름으로 가려진 절대자의 기다림이 들어있다. 그리고 우리도 모르는 사이 어떤 삶을 살아갈지에 대한 응답을 해나가는 시간이다.

지금까지 작업하면서 '빛'은 별과 원 그리고 해바라기 등을 통해 가시화되었고, 그것들 안에는 우리 삶을 이끄는 절대자의 모습이 은유적으로 표현되어왔다.

'into light' 시리즈를 그리면서, 더욱 빛으로 나아갈 수 있었고, 그분께로 향하는 마음을 사회를 향해 풀어왔다.

우리가 사는 이곳은 다양한 사회 구성원들이 함께 만들어가는 세상이다. 이 세상에 사는 모든 이들이 아름다운 꿈을 꾸며, 빛나길 바라는 마음을 담아, 오늘도 반짝이는 별빛을 캔버스에 담는다. 당신이 잠들어 있는 그 순간에도….

"빛을 찾아가는 길은

빛의 생명력을 그림으로 표현하는 길이었다.

우리 주변의 자연은 모두 빛 그 자체에서

오는 힘을 받으며 살아간다.

나를 향한 빛도,

당신을 향한 빛도,

결국은 모두 우리 모두를 위한 빛으로,

함께 더불어 잘 살아가는 것을 바라는

주님이 보내준 선물일 것이다."

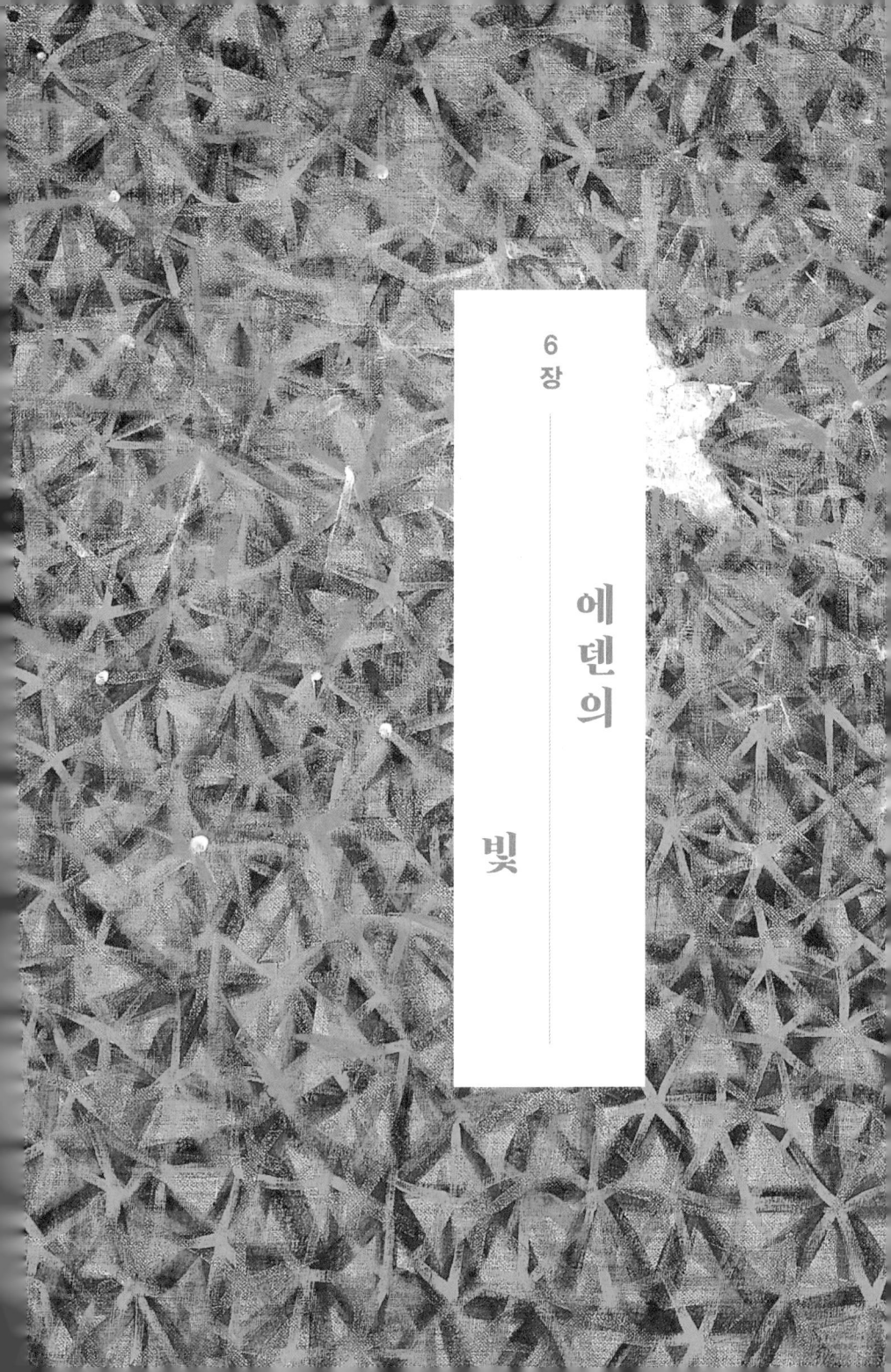

6
장

에덴의

빛

◄ 모닝스타, 180cm x 65cm, acrylic on canvas, 2018

위로하며, 어루만지며

★

　　　　　　　　　'꽃보다 아름다워'라는 드라마
가 있었는데, "엄마가 가슴이 아파, 가슴이 아파" 하는 대사가
있었다. 거기에서 치매를 앓게 된 엄마가 '빨간약(머큐로크롬)'을
가슴에 바르며 말했던 장면이다. 그동안 참고만 살아왔던 아
픔이 치매라는 병이 되었다. 그녀의 마음에 공감하고 어루만
져준 이 하나만 있었어도…. 라는 생각을 했었다. 하지만 일상
에서 타인의 마음을 어루만지고 공감하기가 쉽지 않다. 어떤
때에는 애써 못 본 척하며 타인의 아픔을 모른 척하고 지나갈
때가 있다. 심지어 내 아픔마저도 덮어놓고 지나갈 수밖에 없
다. 그저 지나가는 것, 그것은 그 아픔들은 가슴속에 고스란히
남는다는 이야기이다.

그런데 가슴 속 앙금은 쌓이고 쌓여 마음을 표현하지 못하고, 억눌러야 할 때 마음의 병이 깊어지게 한다. 삶에 지쳐 잠시 사람들에게서 떨어져 있고 싶을 때, 하지만 막상 혼자가 되면, 깊은 절망감이 밀려올 때가 있다. 그때마다 내게 던진 말은 이것이었다.

'괜찮아'

단 한 마디에 불과하지만, 이렇게 말하면서 자신을 토닥였던 시간이 담겨있다. 외국에 있을 때, 외롭고 혼자라는 생각이 들 때 가장 위로가 된 것은 미술관에 가는 것이었다. 미술관을 거닐 때마다, 그림과 호흡해서 좋았고, 무엇보다 어린 시절부터 예술적 자양분을 쌓은 곳이었다. 그럴 때마다 나는 그림을 바라보며, 마음을 읽고, 그림이 토닥여주는 말을 건네고 있었다.

또 그림을 그리면서 나 자신을 이해하고, 받아들이고, 사랑하게 되었다. 그리고 더 나아가 타인과의 소통하고 교감하는 법, 그것을 전하는 것을 그림에 담을 수 있게 되었다. 이런 경험은 자연스레 심리적인 치유로 이끌었고, 그림을 통해 감정을 표현하면서 내면의 상처와 고통이 따스한 손길로 녹아내리는 것을 경험하였다. 그림 속에는 고통스러울 때와 아플 때, 함

모닝스타, 91cm x 73cm, acrylic and oil on canvas, 2018

께 해 줄 수 있다는 큰 위로가 들어있었다. 이럴 때 내 마음으로 들어온 그림은 마음을 위로하고, 어루만져주고 함께 웃고 우는 친구가 되어주었다.

자연스레 하늘로 향할 때마다 스치듯 지나가는 생각은 드넓은 우주 공간 속에서 우리는 아주 작은 존재이며, 별들은 언제나 각자 자리에 존재한다는 것이다. 빛은 한순간도 멈춘 적이 없다. 그러한 빛의 원형인 별빛에서 오는 손길로 받은 치유를 나는 어떻게 표현할 수 있을까 생각해 본적이 있다. 별을 오브제로 관람객에게 보내는 메시지에 집중하고 그 느낌을 스스로에게 끊임없이 물어보았다.

그림을 통해 위로를 받는 그 순간을 관람객과 나눔으로써 내 삶의 모든 것을 함께 공유하는 기분이 든다. 별빛이 쏟아지는 순간 온 마음이 열리고, 그간 쌓여있던 고통의 순간이 위로의 손길로 녹아내리는 것을 전한다.

우리는 빛으로 세상에 나왔고, 나는 그 빛의 아름다움을 그리는데, 가벼움이나 현란함으로 치우치지 않도록 따뜻하지만 무게감 있는 빛과 색으로 그림 속 세상을 채워나간다. 그림으로 위로받는 그 순간 특별한 사랑을 받는 것처럼 마음이 따뜻해진다.

초등학교 1학년 때 짝이 되었던 친구는 장애아였다. 학기가 바뀌고 학년이 바뀌었지만, 아무도 그 친구와 앉지 않으려는 모습을 보았고, 나는 자진해서 손을 들어 졸업 때까지 그 친구와 쭉 짝이 됐었다. 초등학교 6년간 부반장을 하면서 짝을 돌보는 일이 나의 자연스러운 역할이 되었고, 그 친구는 그저 같이 있는 것, 짝이 있는 것만으로도 위로를 받는 듯 보였다. 그동안 받았던 상처가 서서히 아무는 듯 그 친구의 얼굴이 밝아짐을 느꼈다. 그때 나는 사람에 대해 닫혔던 마음이 열리기 위해서는 함께 머무는 시간이 필요하다는 것을 경험할 수 있었다.

화가로서 나는 나를 이끌어 주는 삶의 가치관, 곧 철학을 그림에 담는다. 그리고 그림을 매개체로 타인과 소통하며 관계 맺는다. 이처럼 그림은 나와 타인(관람객)의 세계를 이해하고 이어주는 소통의 장치로, 이러한 소통이 가능한 것은 작품 속에 깃들여있는 화가의 영혼이 그림을 통해 타인에게 전해지기 때문이다.

별빛은 우리 눈에 쉽게 보이지 않는다. 별을 그리면서 별작가라는 칭호로 불리면서 나는 마음 속 깊은 곳에 자리하고 있는 눈에 보이지 않는 비가시적인 내면의 잔상들을 시각화하여 관람객과 공감대를 형성한다. 별빛을 그릴 때 주로 옐로우 계열처럼 따뜻한 컬러를 쓰지만, 별빛을 마음에 담는 이의 시선과 마음상태에 따라서 그 컬러 안에는 수백 수천 가지 빛이 존재할 수 있다. 그 빛의 원형은 우리를 세상에 내놓은 절대자의 빛이자 위로의 빛이며, 어루만져주는 손길이다.

　이렇게 해서 그려낸 작품들로 전시회를 한 회, 한 회 할 때마다, 나무에 새순이 자라나듯 관람객들과 교감하며, 위로의 시간을 전하는 듯하다.

"빛이 닿는 그 순간,

마음 안에 꽃이나 새순이

신비롭게

피어나는 듯하다.

빛으로 오는 따스한 위로의 손길에,

지친 마음을 어루만져 주는 손길에,

회복의 시간을 느낀다.

이 순간을 느낄 수 있다는 것,

참으로 행복하다."

순수함을 위해

"이 세상 모든 집에 별 그림이 있었으면 좋겠어요."

엄마와 그림을 그리며 '작업'이라는 말을 좋아하는 라희는
자주 이런 말을 하곤 한다. 그리고 작업을 할 때, 내게 영감을
주기도 하는데, 한번은 이 세상 모든 집에 별 그림이 있었으면
좋겠다는 말을 들었다. 그 순수한 말을 듣는 순간 별빛으로 전
할 수 있는 예술적 혹은 철학적 소통의 기능을 다시 한번 떠올
렸었다.

나를 안아 주는 빛 그리고 그 관찰을 통해 부여된 색의 패
턴을 반복하여 별을 완성하였다, 예술이 지닌 사회적 가치와
정서적 기능을 통해 다시금 우리 안에 잃었던 감성을 되돌려

회복하고 배려하는 시간이 필요하다. 빛이 시간에 따라 그 밝기의 정도와 효과가 점차 달라지듯 별빛의 가변성을 작품에서 표현하게 된다. 그렇게 해서 별빛의 가변성을 통해 순수함을 전한다.

그림 세계로 들어가는 과정은 순수한 빛으로 들어가는 길이며, 빛이 만들어낸 찰나의 인상들을 색채의 향연으로 작업하면서 내면의 순수함을 지켜나간다.

별을 그린 작품에는 두 개의 별이 나온다. 이 두 개의 별의 관계에 대해서 자주 질문을 받곤 하는데, 하나의 별이 다른 별에게 힘이 되어주는, 삶의 온기가 필요할 때마다 나를 따뜻하게 감싸 안아 주는 빛이라 말한다. 여기에는 서로 바라보기만 해도 소통이 되고, 이해가 되는 존재, 라캉의 시선과 응시 개념이 포함되어 있다. 온 세상이 별을 담은 세상이 되길 꿈꾸며 우리 내면의 본질을 바라보며 철학자의 시선으로 한 아름다움을 그려낸다.

일상을 아름답게 살고 싶지만, 우리는 종종 부딪치며 살 수밖에 없고 그곳에서 순수함을 지키고 사는 일은 쉽지 않다. 별은 자정 작용에 관여하는 예술, 그리고 이를 모티브로 자신의 삶을 구성한다. 자연 속에서 은은하면서도 빛의 무한함을 투사하는 프레임을 활용하여 하늘에서 품을 수 있는 모든 것을 응집하여 담은 것이다.

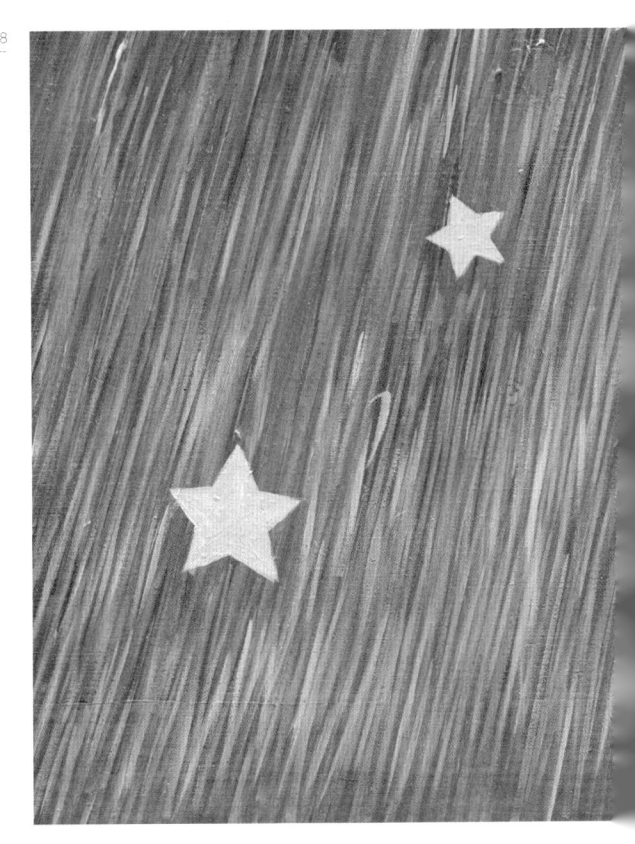

그림을 찾는 이들의 눈을 보면 자신이 동경하는 그림을 만났을 때, 하늘의 별만큼이나 눈이 반짝이는 것을 볼 수 있다. 어떤 관람객의 눈이 촉촉해지는 것을 본 적이 있는데, 이 관람객은 자신의 깊은 내면에 있는 별을 발견한 듯, 한참 동안 그림 앞에 서 있었다. 일체의 거짓 없는 순수함을 지닌 상태로 그 안에서 별처럼 반짝이고 있었는데, 나한테까지 진심 어린 행복이 전해졌었다.

겉모습은 이제 어른이 되었다 해도 우리 모두 마음 깊은 곳에는 아직도 어린 시절의 내가 존재한다. 힘들 때, 즐거울 때, 그냥 생각이 날 때, 한 번씩 마음속 깊은 곳에 있는 아끼는 시절이 있다.

'모든 집에 별이 있었으면…' 이라는 라희의 말처럼 혹은 밤하늘의 별을 보면 행복해지는 것처럼, 집 안에 있는 별 그림을 보면서 즐거웠던 어린 시절을 다시 돌이켜보거나, 순수함을 위한 새로운 힘을 얻어 가길 바래본다. 순수함을 담은 그림은 삶을 살아가게 하는 힘이 되고, 붓을 쉼 없이 움직이며 과거에서 걸어 나와 미래로 들어가게 한다.

처음에 별을 동경하는 마음은 순수함에서 시작되었다. 가끔 아득해진 마음 안에 따스한 손길이 필요할 때, 무조건적이고 순수한 사랑을 뿌려주어 그 힘으로 살 수 있었다. 영원한 순수성을 지닌 소재를 보았을 때, 화가는 맹목적일 수밖에 없다.

지금 당장 나에게 생기는 이익이 없을지라도 단지 '순수하기' 때문에 온 열정을 다 해 작업할 수 있었다. 별을 사랑하는 화가로서 내게 이만큼의 순수함을 준 오브제가 없었다.

순수함을 위한 노래를 부르는 음악가처럼, 빛을 머금고 빛을 필요로 하는 순수한 이들에게 별을 전한다. 순수함을 담은 이들의 눈빛은 어떨 때는 별보다 더 빛이 난다. '별 박은 눈'이라는 표현을 할 때가 있는데, 순수함을 간직한 이들에게 보내는 찬사이지 않을까?

"우리의 일상 속 시간은 같은 속도로 흘러간다.

어른처럼 살아야 하는 현실,

반복되는 일상에

한 발 한 발 내딛을수록,

우리 마음은 순수함을 향하고 있다.

어쩜 내가 별을 그리고 있는 이유 중 하나는

우리가 잊고 사는

순수함을 위해서인지도 모른다."

별을 닮은 사람들

　　　　　　　　영국 유학 시절, 런던에 살면
서 마치 여행을 하듯 여러 미술관을 돌아다녔다. 대영박물관,
내셔널 갤러리, 테이트 브리튼, 테이트 모던과 같은 이름만 들
어도 유명한 미술관부터 소소하게 작은 갤러리 그리고 영국인
고유의 차분한 감수성을 지닌 클래식함과 함께 자유로운 상상
력이 더해진 작품들까지 그때를 돌이켜보면 그리운 시간으로,
되돌아가고 싶은 순간들이다.

　최근 영국에 다시 가고 싶어졌다. 아니, 항상 되돌아가는
곳이다. 이미 영국은 내게 제2의 고국처럼 친근한 곳이다. 영
어 공부를 할 때, 자주 보았던 영국 드라마의 영향도 있을 테지
만, 영국 특유의 분위기와 문화, 영어 발음도 무척 좋아했었다.

고전적이면서도 세련된 영국의 문화뿐 아니라 제도적인 측면에서 영국은 특히 미술을 하는 이들, 그리고 어린이와 청소년 교육의 낙원이기도 하다. 유럽 대부분의 나라가 훌륭한 문화유산을 소유한 예술의 나라들이지만, 영국이 특별한 이유는 바로 이러한 제도적인 측면 때문일 것이다. 영국은 특히 국가적 차원에서 예술 산업에 공을 많이 들인 나라이고 학생들에 대한 후원이 많은 곳이다. 그래서 세계의 많은 나라의 유학생들이 런던을 찾는데, 라희에게도 그러한 최고의 교육환경을 체험하게 해주고 싶은 것이 엄마로서 나의 마음이다.

그리고 영국이 그리운 나만의 이유가 한 가지가 더 있다. 영국은 내게 부모님과 같은 클라이브 할아버지가 계시기에 특별한 곳이다. 클라이브 할아버지는 동양에 순애보를 지닌 분으로 우리나라 분이셨던 옛 연인에 대한 추억으로 살아가는 분이셨다. 그래서 한국인 유학생인 내게도 친절하게 대해 주셨고, 친할아버지가 말씀해주시는 것처럼 삶의 지혜도 나눠주신 분으로, '오고 싶을 때면 언제든지…'라는 말을 해주시곤 했다. 한국이 그립고, 부모님이 그리울 때는 클레이브 할아버지를 찾아가곤 했었는데, 유학 시절 썼던 일기를 보니 '빛을 주신 분을 닮으신 분, 지금 이 시간이 미래를 꿈꾸는 시간임을 알게 해주신 분'이라고 적혀 있었다.

깊은 밤, 옛 일기를 보면서 이런 생각에 잠긴 적이 있다. 여

모닝스타, 72cm x 60cm, acrylic on canvas, 2018

행가가 밤하늘의 별을 보고 방향을 구분한 것처럼, 우리 인생도 좋은 사람들을 만나면서 인생의 방향이 선한 방향으로 흘러가는 것이 아닐까? 밤하늘을 수놓는 별뿐 아니라 우리 주위에도 생명력을 느끼게 하는 빛나는 별이 있음을.

별을 닮은 사람들, 그들이 있기에 지금을 살아내고 있는 것이 아닐까? 살아오면서 별을 닮은 사람들, 별빛처럼 반짝이는 좋은 사람들을 만나는 것이 쉽지 않다고 말할 때가 많다. 마치 도시에서 별을 보기 쉽지 않은 것은 인간이 만든 현란한 빛과 공해에 가려져 보이지 않을 때인 것처럼, 좋은 사람들도 도시와 별들과 비슷하게 가려져 있을 때가 많기 때문이다.

옛 추억을 떠올려보고, 생각나는 이가 있다면 그 사람이 별을 닮은 사람들이지 않을까?

'늘 그리운, 별을 닮은 사람들'

그때는 몰랐지만, 나 역시도 수많은 별을 만나왔다. 그들은 내게 가슴 깊은 울림을 주었다. 나는 마음이 고운 사람들과 함께 걸어오면서 그들의 사랑을 항상 받고 있었다.

머릿속을 스쳐 지나가는 그들에게, 지금 이 순간 그들에게 전하고 싶다. 어쩌면, 나를 지켜준 별을 닮은 사람들이 있었기에 나는 긴 아픔도 인내하고 기꺼이 받아들일 수 있었을 것이다. 그들에게 모두 말하지는 못했지만, 이처럼 수줍은 고백을 하듯 한 글자 한 글자 써 내려간다.

'그대들을 만나 여기까지 올 수 있었습니다.
나 그대들이 있기에 외롭지 않았습니다.
고맙습니다.'

좋은 관계는 아주 가까이 있기에 고맙다는 말을 잊을 때가 많았다. 순간순간 쓰러지고 넘어질 때마다 말없이 나를 지탱해준 이들, 그들은 별을 닮은 나의 천사들이다. 보이는 곳에서나 보이지 않는 곳에서 나를 비춰주며 힘을 주는 그대들이 있어 참 행복함을 글을 통해서 전해본다.

나, 별을 닮은 그대들이 있어 아팠던 마음을 회복할 수 있고, 또 살아갈 수 있었음을.

"밤하늘 별들은 언제나 자신의 자리에 존재한다.

별을 닮은 사람들도, 각자 자리에서 빛이 나는 사람이다.

내게 있어 별을 닮은 사람들을 지금 모두 열거할 수는 없지만,

지금의 내가 있기까지 함께한 사람들을 위해 그들의 삶을 위해

기도하는 것이, 내가 그들에게 보내는 사랑이다."

에
던
의
빛

진한 코발트 빛을 띤 새벽하늘 사이로 어렴풋이 드러나는 모닝스타를 보고 그 자리에서 아무 말 없이 한참을 서 있었던 적이 있다.

내게 잊지 못할 경험을 안겨준 그 순간을 결코 잊을 수 없기에 나는 그것은 희망이며, 사랑이며, 행복이라는 것을 자신 있게 이야기한다.

밤하늘이 코발트 빛이라면 별을 담을 무지의 캔버스는 무의 상태이다. 처음 세상이 창조되었을 때처럼. 무지의 캔버스에 빛을 창조한 절대자가 선물한 희망의 상징을 수놓을 수 있게 된 것이다. 그래서 캔버스 밖까지 전달되어, 따스한 체온과 숨결을 느낄 수 있다.

그 별빛 너머에는 무엇이 자리하고 있을까? 세상 모든 희망과 넘치는 사랑이 공존하는 곳, 지금의 행복으로 가득할 것만 같은 그곳은 어디일까? 아마도 그곳에는 빛을 창조한 하나님이 만드신 에덴동산과 같은 혹은 천국이 펼쳐져 있지 않을까 생각해본 적이 있다.

지금 이 시간도 캄캄한 바깥 풍경과 창문 앞을 환하게 비추는 두 개의 별빛이 마음으로 자리 잡아 따뜻한 희망을 담아낸다. 한때 삶에 대한 갈망과 두려움의 흔적들, 혼돈의 흔적들이 이제는 빛의 상태로 느껴진다. 어떤 것과도 바꿀 수 없는 빛의 상태로 곁에 머물러 있음에 감사한 마음 이외에는 어떤 마음도 가질 수가 없다.

어쩌면 무의식의 상태 또는 보이지 않은 것에서 드러나는 새로운 세상의 강렬한 빛이 그 어떤 희망을 느끼게 해주며, 이곳에 있는 우리에게 에덴동산의 존재에 관한 생각을 하게 할는지도 모른다. 그리고 에덴동산을 더 보편적으로 이야기하면, 어떤 곳일까 생각하다가, 유토피아를 떠올렸다.

유토피아Utopia: 사전의 뜻을 보면, 현실 세계에 존재하지 않는 장소를 뜻한다.

이처럼 어떤 이들은 유토피아를 추구하지만, 유토피아는

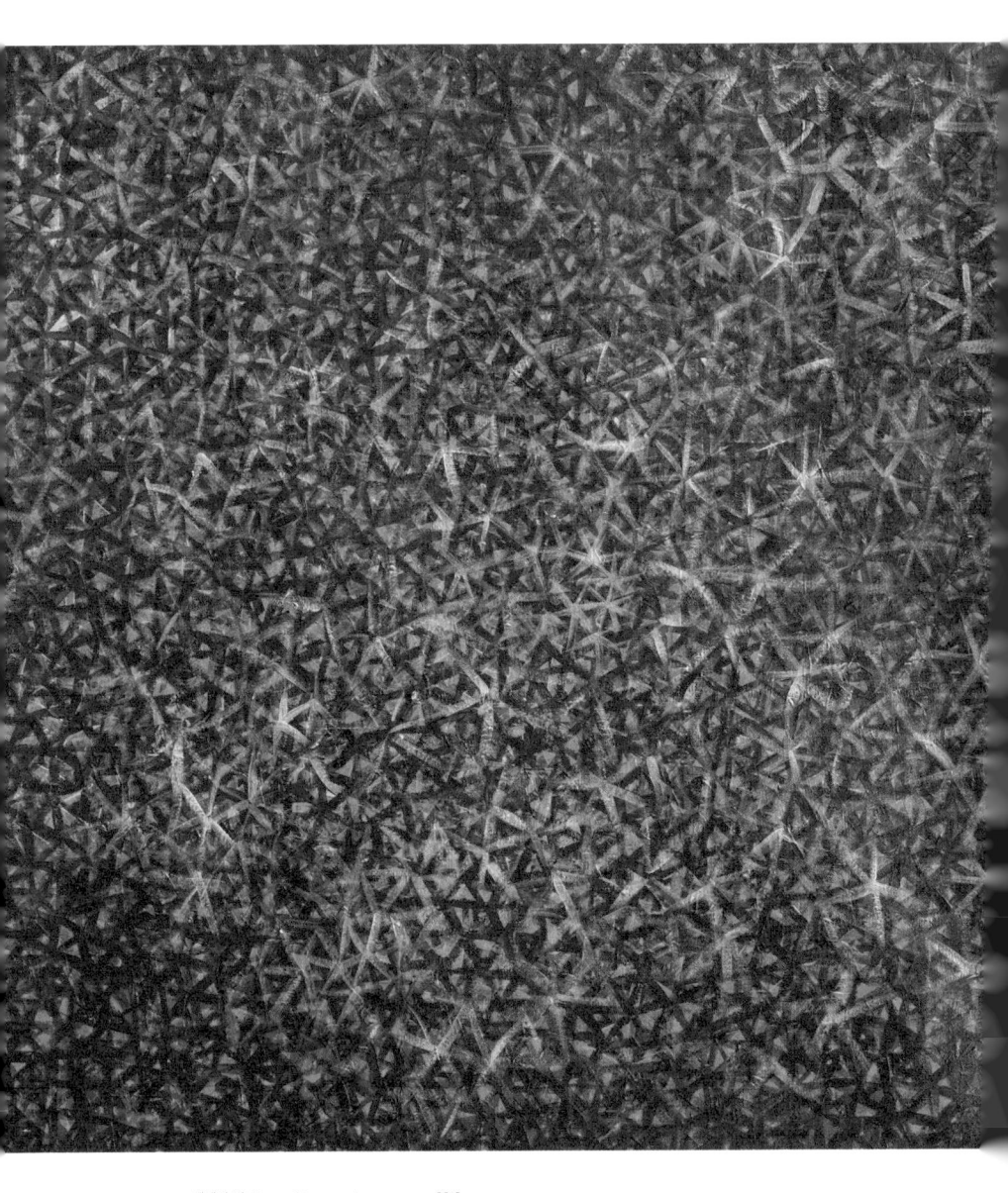

에덴의 빛, 91cm x 91cm, acrylic on canvas, 2019

현실에서 존재하지 않는 장소로 여길 때가 많다. 또 어떤 사람들은 에덴동산도, 유토피아도 현실 세계에 존재하지 않을 장소이고 관념의 장소라고 한다.

하지만, 나는 그것을 표현하고 싶다. 현실에 존재하지 않는다고 한 것은 우리 눈에 보이지 않기 때문일지도 모른다. 그래서 무지의 캔버스 안에 펼쳐지는 에덴동산과 유토피아로 나와 함께 하는 모든 이들을 초대한다.

우리 삶 가운데서 어우러져 별빛이 주는 메시지를 전하고 싶다. 공존과 소통, 행복과 꿈에 대한 메시지를 전하며, 우리가 찾고 있는 유토피아와 에덴동산은 우리 눈에 보이지 않을 뿐, 우리 곁에 항상 머물러 있음을 믿는다. 지금 별을 떠올리며 자신도 모르게 미소를 지었다면, 별빛으로 가득한 에덴의 빛을 느끼고 있는 것일지도 모른다. 일상에서 '별'은 이미 당신 곁에 머물러 있고, 희망으로, 행복으로, 꿈으로 자리 잡고 있는 것을 말하고 싶다.

지금 이 순간 별빛을 보며, 따뜻함을 느낀다면, 어떤 환경 속에서도 감사할 수 있는 기적을 체험할 수 있을 것이다. 그리고 세상 안에서 우리는 신께 사랑받는 소중한 존재들임을….

"평범한 인생을 살고 있는 것 같지만,

우리 모두는 세상 어디선가

조용히 빛나며

잔잔한 감동을 주는 삶을 살고 있다.

우리가 살고 있는 이곳에

이미 그분의 빛이 비치고 있음을

별과 별빛을 통해

전하고 싶다."

★

고맙습니다….

별을 보고 단 한 마디만 건넬 수 있다면, 나는 '고맙습니다'를 전하고 싶다. 별 그림을 통해 내면의 '나'를 마주할 수 있었고, 마음의 상태를 깨닫고, 별빛 안에서 공감과 위로와 희망을 발견하였다.

그림을 사랑한다는 것은 마음속에 있는 자신을 만날 기회를 더 많이 가질 수 있음을 뜻한다. 고난을 통해 모든 것을 잃을 것만 같았던 두려움은, 오히려 놀랍게도 내게 새로 힘껏 모든 것을 다시 시작하라는 용기가 되었고, 내가 다시 나다워지는 기회가 되었다.

모닝스타, 22cm x 22cm, acrylic on canvas, 2019

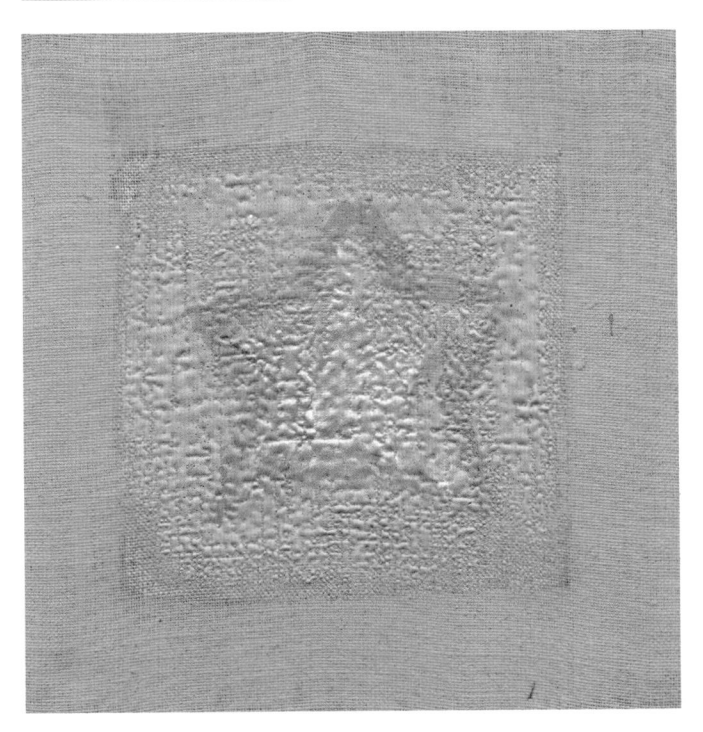

나답게 살게 해주는 길을 인도해주는 캔버스의 붓질은 색감과 파장의 움직임을 통해 삶 속의 불안감과 초조함을 달래듯 분주히 움직인다. 삶의 문제가 닥칠 때마다, 우왕좌왕하는 내게 중심을 잡을 수 있게 해주어, 나를 흔드는 주변의 장애요소를 사라지게 한다.

지금껏 살아온 인생이 평지처럼 평탄해 보이지만, 그 사이사이 넘어지기를 수없이 해왔었다. 또 때로는 한없이 작아지고 인생이 멈출 것만 같았던 그 순간에 '다시 힘을 내자'라고 말을 건네 준 것은 고마운 별 작품이었다.

그래서 나는 '고마움의 별'이라 부른다. 내게 힘든 순간이 찾아오면, 별빛의 인도로 그때마다 좋은 사람들을 보내주었고, 가지 말아야 할 곳에는 발걸음을 내딛기 전에 멈추게 해주었고, 멀리 가기 전에 멈추어 설 수 있는 용기를 주었기에 내게는 고마움의 별이다.

아름다운 햇볕이 내리쬐는 한낮에도, 마당이 내다보이는 곤지암 작업실에서 밤하늘의 별을 그리며 설레는 마음을 안고 기뻐 노래하며 소리치며, 다시 한번 외치고 싶다.

고맙습니다. 고맙습니다.

진심을 담아, 경외심을 품고 수없이 인사를 해도 모자랄 정도다. 아주 간단한 말이지만, 별빛을 보내준 주님께 대한 감사와 경외심으로 가득 찼기에 진실 되지 않을 수가 없는 말이다.

나는 별빛을 통해 진정한 '나'를 마주할 수 있었고, 내 삶의 방향을 올바르게 갈 수 있었다. 마치 좋은 글을 보고 깨어나듯, 울림을 주는 음악을 듣고 힘을 얻듯, 나는 별빛이라는 메타포를 통해 미처 알아차리지 못한 내 마음과 그 마음 안에서 나를 위로해주는 절대자의 손길을 느꼈다.

나는 그림을 사랑하고, 그 사랑으로 내면을 치유할 수 있는 기회를 얻게 되었다. 그렇게 진정한 자아를 찾고, 사람과의 관계를 이해하고, 수없이 부딪혀온 충돌에 위로를 받아 왔다.

그렇기에 이 책을 덮는 당신에게 위로의 한 마디를 담담히 그러나 힘차게 건넬 수 있다.

"제 별 그림을 보고 계신 당신,

you're a star, 바로 당신이 별이에요."

빛으로 _into light_ 전시를 앞두고
핀란드로 떠났다.

오랫동안 꿈꿔온 일, 오로라를 만나기 위해서였다. 캄캄한 밤하늘을 수놓는 오색 빛 오로라를 찾아 설레는 마음으로 헬싱키에 도착하니 도시 전체가 흰 눈으로 뒤덮여 있었다. 잠시 후 다시 핀란드 국내선을 타고 북쪽 끝으로 올라갔다. 목적지는 핀란드 북쪽에 위치한 라플란드의 사리셀카. 이곳은 눈이 많이 내리는 지역으로 애니메이션 겨울의 왕국을 닮은 도시로 유명한 곳이다. 또 선택받은 사람만이 볼 수 있다는 오로라를 자주 볼 수 있는 곳이다.

유리 천장 너머로 하늘과 구름, 그리고 밤하늘의 별까지 보이는 통나무 호텔에 짐을 풀고 한숨을 돌렸다. 귀여운 솜털과

방망이 같은 뿔을 가진, 풀을 먹고 사는 초식동물 순록은 루돌
프 사슴처럼 썰매를 끌기도 한다. 직접 순록을 어루만지는데,
나를 피하지도 않고 오히려 웃는 표정으로 바라보는 것이 이
름만큼이나 순한 모습이었다.

하얀 순록의 털처럼 하얗게 뒤덮인 설원에 어둠이 깔리기 시작하자, 오로라를 볼 수 있을까 마냥 설레던 마음이 조금 긴장되었다. 잠시 휴식을 위해 다시 호텔로 돌아와 창밖을 내다보니, 유리창에 서린 눈의 결정체가 별처럼 빛나고 있었다. 밖은 영하 45도의 날씨, 한없이 투명한 눈을 바라보며, 낮에도 별이 보인다면 꼭 그 모양이라는 생각이 들었다.

캄캄한 밤하늘이 되었고, 오로라를 보기 위해 모든 준비를 했다. 오로라는 태양에서 방출된 플라스마의 일부가 지구 자기장과 충돌해 빛을 내는 현상이다. 과학적인 현상이지만, 오로라의 모습은 과학 이상이며 자연이 만들어 내는 환상적인 작품이다.

드디어 어둠이 내려앉은 까만 하늘 가득 인공의 불빛이 아닌 자연의 색이 수를 놓았다. 핀란드에서는 이러한 오로라를 레본뚤렛이라고 하는데, 불의 여우라는 뜻을 가지고 있다. 라플란드의 오래된 유목민인 사미족에서 전해지는 것으로 그들의 전설에 따르면 오로라는 불의 여우가 겨울밤 하얀 숲을 뛰어다니며 꼬리가 나뭇잎에 닿아 만들어진 불꽃이라고 한다.

오로라를 보는 순간 숨이 멎을 정도로 아름다운 몽환의 나라로 빨려 들어가는 듯했다. 모든 것이 정지되고, 멈춰진 듯, 고요한 시간, 하얀 눈으로 끝없이 펼쳐진 풍경, 그리고 신비한 오로라, 그 순간 '아름다운 죽음'이 이런 것일까 하는 마음이

들었다. 단지 사라지는 것이 아니라, 다시 시작되는 부활을 위한 아름다운 죽음, 물이 있는 곳에 모든 생명이 있듯 얼어버린 물은 모든 것이 멈춘 죽음과 같았지만, 그 안에서 다시 생명이 피어나는 듯 투명한 빛으로 소생하는 부활을 위한 전주곡 같이 여겨졌다. 그래서 오로라를 보는 여행을 '영혼의 샤워'라고 하는 것일까?

추운 겨울 자연의 모든 것이 메말라 있는 것처럼 보이지만, 메마름 속에서 자연은 소생할 힘을 비축하면서 봄을 기다린다. 그리고 새봄이 오면, 싹을 틔운다.

캄캄한 어둔운 밤, 아무것도 할 수 없을 것 같은 어두운 순간이 지나고 나면, 또 다른 아침을 알리는 모닝스타가 빛나고 있다. 우리의 삶도 이와 같지 않을까?